KB049578

떠나지 않고도 행복할 수 있다면

ⓒ 오소희, 2021

이 책의 저작권은 저자에게 있습니다.
저작권법에 의해 보호를 받는 저작물이므로
저자의 허락 없이 무단 전재와 복제를 금합니다.

떠나지 않고도 행복할 수 있다면

여행자 오소희 산문집

북라이프

떠나지 않고도 행복할 수 있다면

1판 1쇄 발행　2021년 3월 19일
1판 2쇄 발행　2021년 3월 31일

지은이 | 오소희
발행인 | 홍영태
발행처 | 북라이프
등 록 | 제313-2011-96호(2011년 3월 24일)
주 소 | 03991 서울시 마포구 월드컵북로6길 3 이노베이스빌딩 7층
전 화 | (02)338-9449
팩 스 | (02)338-6543
대표메일 | bb@businessbooks.co.kr
홈페이지 | http://www.businessbooks.co.kr
블로그 | http://blog.naver.com/booklife1
페이스북 | thebooklife
ISBN 979-11-91013-14-6　03810

* 잘못된 책은 구입하신 서점에서 바꾸어 드립니다.
* 책값은 뒤표지에 있습니다.
* 북라이프는 (주)비즈니스북스의 임프린트입니다.
* 비즈니스북스에 대한 더 많은 정보가 필요하신 분은 홈페이지를 방문해 주시기 바랍니다.

비즈니스북스는 독자 여러분의 소중한 아이디어와 원고 투고를 기다리고 있습니다.
원고가 있으신 분은 ms3@businessbooks.co.kr로 간단한 개요와 취지, 연락처
등을 보내 주세요.

최초의 나의 공간

여행과 집.

코로나는 두 단어의 정의를 바꾸었다.

여행은,

한때 용한 휴식처이거나 도피처였다.

더는 아니다.

활짝 열려 있던 세상은 꼭 닫혔고

우리는 호머에게 귀 기울이던 옛 그리스인들처럼

저 먼 곳의 이야기를 간접적으로 접한다.

다만 그리스 시대보다 좋은 장비로, 실시간으로.

집은,

자발적인 쉼터에서 강제로 머물러야 하는 곳이 되었다.

우리는 평수나 분양가에 대한 질문을 잠시 멈추고

화분과 마당에도 관심을 가지기 시작했다.

집과 거주자 사이의 정서적인 관계 맺음이

그 어느 때보다 우리의 숨통을 틔워주는 시절이 되었다.
코로나가 강제적으로 켠 빨간불 아래서
우리는 멈춰 섰고 언제나처럼 새로이 적응 중이다.
이 신호의 도전적 의미를 파악하고
이 신호가 꺼진 다음 이끌어내야 할 변화를 논의한다.

나 역시 그 신호등 아래 여행자로서의 발걸음을 멈추고
머묾과 떠남, 집과 여행의 의미를 물었다.

집은 한 개인이 평생에 걸쳐 가장 장대한 여행을 하는 곳이다.

유년기의 우리는,
세상에 대한 순수한 발견을 집에서 시작한다.
빛, 냄새, 맛 같은 감각적 체험과
사람과 사람을 연결하는 기본 관계에 대한 배움들을.

성장기의 우리는,
집에서 해낸 발견이 집 밖에서 부서지는 경험을 한다.
잔해를 다시 짜 맞추며 눈물 콧물 흘리는 기나긴 밤들,
얼기설기 재조립된 몸뚱이에 용기를 불어넣고
신발을 새로 신는 과정도 집에서 이루어진다.

어른이 된 우리는,
집이란 공간을 자기만의 정의에 따라 '확보'하는데

엄청나게 많은 시간을 쏟는다.

도시냐 시골이냐, 투자냐 취향이냐, 기능이냐 정서냐,

저마다 선택한 집의 정의에 따라 돈을 끌어모으고

저마다 집에 대해 완전히 다른 추억을 만들어나간다.

그 추억은 정확히 한 개인의 삶이 된다.

요컨대, 집이란 삶을 담는 그릇이며

우리는 그 안에서 공간의 씨실과 시간의 날실을 엮어

삶이란 카펫을 짜는 사람들이다.

정성스럽게 카펫을 짜는 사람이라면 누구라도

여행 중 정말로 마음에 드는 공간에 어렵게 도착했을 때

느끼는 것을 자신의 집 안에서 온전히 느끼게 된다.

다락방에 앉아 책을 읽으며

저녁 햇살의 마지막 한 줄기까지 소중히 붙잡는 순간,

주방에서 파스타를 볶으며

식탁에 앉은 가족에게 맛보라고 팔을 길게 뻗는 순간,

이 책은 집에서 누릴 수 있는 그런 소중한 순간들을

실제로 집에 머물며 하나씩 모으는 가운데 쓰였다.

내가 서울 부암동에 집을 짓고 이사하자마자

코로나가 들이닥쳤고, 자의 반 타의 반,

나는 집에서 촘촘히 카펫을 짜야 했던 것이다.

떠남의 열병이 도진 날에도 그저 긴 숨을 몰아쉬듯 글을 썼다.

마침 집은 글을 쓰기 좋은 공간이었다.

부암동 집이 완성되었을 때,
처음으로 집을 둘러본 아들이 물었다.

"엄마, 1층만 살롱이라고 하지 않았어?"

"응."

"근데 어째 다 살롱이야?"

사실 집을 지어놓고 보니 모든 공간이 나의 공간이었다.
아들, 남편, 미안.

단언컨대 나는 그들에게 원하는 바를 여러 차례 물었다.
그들은 관심 없었다. '내 맘대로' 했다.
그들에겐 집이 휴식처여서 더 바랄 게 없었는지 모르겠지만,
집에서 온갖 노동을 해야만 했던 나는
집에 대해 천만 가지 억눌린 희망 사항을 품고 있었다.

천만 가지 희망들을 깨알처럼 뿌려놓고 나자,
오히려 단 한 가지의 '한(恨)'을 푸는 공간이 구현되었다.
온통 책을 읽고 글을 쓰기 좋은 공간.

오정희 작가의 에세이 '소설 쓰기, 소설 짓기'에도
이와 비슷한 내용이 있다.

좁은 집에서 가사에 쫓기며
아이 둘을 키우는 내내 식탁에서 글을 쓰다가,
때때로 "나는 작가인데 변변한 방도 책상도 없고…."
가족들 앞에서 눈물도 훔치다가,
아이들이 크고 좀 더 넓은 집으로 이사할 형편이 되었을 때
가장 크고 좋은 방을
아이들과 남편에게 두말없이 양보받았다는.

그 글을 읽고 뭉클했던 기억이 난다.
그녀의 작품을 아는 사람이라면 누구라도
그 열악한 작업 환경이 어이없을 것이다.
어쩌면 나도 그 비슷한 방식의, '전투처럼 일했던 여자'의
복수를 한 것인지도 모른다. 무려 집 전체를 독식하며.

아들, 네 동화책 목이 쉬도록 읽어줄 때
엄마도 사실은 내 책을 간절히 읽고 싶었단 말이다!

남편, 너 회사에서 회의 중이라고 연락도 안 될 때
나도 너처럼 가사와 육아 나 몰라라 하고
내 일만 할 수 있는 공간이 절실했단 말이다!

그럼에도 20년간 최대한 인내하며 할 일을 해냈다.
이제 눈치가 제법 늘어난 그들은 안다.
돌봄이 끝난 이 시점에 그 어떤 작은 돌봄이라도 요구하면
내가 피 토하며 폭발할 거라는 걸.

그래서 '전투처럼' 이리 뛰고 저리 뛰었던 여자가

간혹 옛이야기를 꺼낼 때마다

그들은 숨을 죽이고 프리킥을 방어하는 축구 선수들처럼

고추 위에 공손히 두 손을 모은다. 다급히 대화를 마무리한다.

"네, 네, 정말, 정말 고생이 많으셨죠."

어쩌면 집을 짓기 시작했을 때

그들은 사전 모의를 마쳤는지도 모른다.

"엄마가 뭐라도 원하는 게 있냐고 물으면 없다고 하자, 아들."

"그래, 엄마 다 가지라고 하자.

하나라도 말했다간 살아남지 못할 걸?"

"당연하지. 너는 더 귀엽지 않고 나는 더 젊지 않아.

지금부턴 필사적으로 빌붙어야 해."

그래서였는지, 아니면 그들은 그냥 처음부터 끝까지

일관되게 무심한 남자들일 뿐이었는지,

결국 그들을 상대로 한 '독식 복수'는 성립조차 안 됐다.

"멋지다!"

남편은 새집에 대해 어떤 토도 달지 않고 찬양만 했다.

"엄마가 이 방을 써야지, 왜 날 줘?
우리 집에 키 160센티 안 되는 사람이 엄마 말고 또 있나?"

아들은 높이가 160센티밖에 안 되는 옥탑방에 엉거주춤 서서
자신이 집 꼭대기로 쫓겨났다는 사실에 딱 한 번 분개하고
그걸로 끝냈을 뿐이다.

'내 맘대로' 집을 만들면
온통 책을 읽고 글을 쓰기 좋은 공간이 된다는 걸
만들어놓기 전까지는 나도 알지 못했다.
취향을 온전히 발현한 공간을 가져본 경험이 없으니.

결혼 전에는 부모의 취향에 맞춘 공간이었다.
30대에는 집주인이 내가 살아갈 공간을 설계했다.
40대에는 간신히 작은 아파트 한 채를 가질 정도가 되었지만
건설사가 순익에 맞춰 던져준 공간에
내 취향이 세 들어 사는 꼴이었다.

어쨌거나, 봇물 터지듯 취향이 발현된 공간은
어느 귀퉁이에서도 책 읽고 글 쓰기 좋은 공간이 되어
나는 아무 귀퉁이에나 앉아 책을 읽고 글을 썼다.
공간이 생활을 지배한다는 말이 무엇인지 실감하면서.
아무 데나 메뚜기처럼 자리를 잡고
아무 때나 어깨에 힘 빼고 흥얼거리듯 글을 끄적였다.

계룡산 시절부터 이사 때마다 버릴까 말까 망설였던 책들마저
매일 서가에서 몇 권씩 엑소더스했다.

그 모든 변화가 신기해서
공간에 대해 새로 깨닫는 것이 있을 때마다
다이어리에 조금씩 메모해두었다.
그 맨 앞에는 이렇게 적혀 있다.

어쩌면 '여행자'로 책을 쓰기 시작한 내가
'집'에 대한 책을 쓰고야 말 불길한(?) 조짐마저 보인다.

결국, 그 메모들이 모여
집과 여행을 동시에 오가는
이 한 권의 책이 되었다.

코로나가 집에 대한 관심을 증폭시켰지만
우리에겐 아직도 개발도상국가 시절의 주택관에서
온전히 벗어날 시간이 필요하다. (아파트는 그 거대한 산물이다.)
여전히 개성이 강한 집들에 대한 기사에는 반드시
'난방비 많이 들겠다'
'저거 관리하려면 허리 휜다' 같은 댓글이 수두룩하다.

아직도 많은 이들이 공간 위에 군림하려고 한다.
집은 노예처럼 주인을 손 하나 꼼짝 않게 해줘야 하고

관리비는 적게 나와줘야 하고

그러면서도 매년 그 가치가 올라

팔아 치울 땐 주인을 부자로 만들어줘야 한다.

아직도 많은 이들이 공간과 내가 벗이 될 수 있음을 모른다.

공간이 어디까지 나를 매혹시킬 수 있고

내가 어디까지 공간에 매혹된 채

기꺼이 그것을 돌볼 수 있는지 모른다.

서로 어떤 멋진 동작과 장면을 이끌어낼 수 있고

그러기 위해 어떤 숨겨진 능력을 발휘해낼 수 있는지 모른다.

나도 그랬다. 심지어 집을 짓는 과정에서도 짐작하지 못했다.

집과 내가 서로에게 어떤 멋진 돌봄을 선사하게 될 것인지를.

우리는 경험해보지 못한 것을 미리 알 수 없는 법이다.

직접 설계와 실내를 디자인한 공간에 이사하고 나서야,

내 일상의 동작들이 그 안에서 하나씩 중첩되고 나서야,

비로소 알게 되었다.

장바구니를 계단 위로 영차영차 들고 오면서

신발을 신발장에 넣으면서

변기를 닦으면서

그 모든 동작들이 내 몸에 꼭 맞는다는 것을.

꼭 맞는 편안함 때문에

그 모든 동작들을 내가 원해서 하고 있다는 것을.

이전에 집 안에서 나는 게으름뱅이였다.

집 안에서 필요한 '동작의 중첩'은
'하기 싫은 집안일'과 동의어였다.
지금은 '삶을 꾸려가는 일'과 동의어이다.
나는 부지런쟁이가 되었다.

내내 사랑 없이 덤덤히 살다가
나이 50이 되어서야
처음으로 사랑하는 사람과 살기 시작한 사람처럼
그래서 조금은 지난 시간의 무기력이 안타깝고
그래서 조금은 새로운 열정이 감격적이고
밖에선 자꾸 집으로 돌아오고 싶고
집에 있으면 밖으로 나가고 싶지 않은
그런 기분으로 집과 내가 매일 서로를 품는다.

정착한 것이다.

⌂
누군가는 코로나를 재앙의 코드로 말하고
누군가는 변화의 코드로 말한다.
나는 이 책에서 소박하게, 일상의 재발견으로 말하고자 한다.

마스크를 쓰면서도 우리는 매일 똑같이 뜨거운 밥을 먹고
맑거나 흐린 하늘을 올려다보고 옷장에서 재킷을 골라 걸친다.
밖에서 코로나가 아니라 그보다 더한 이변이 일어난대도
우리가 끝끝내 집 안에서 지속하고야 말 것들,

언뜻 다르게 선택하고 그래서 바뀐 것 같지만
실은 끈질기게 우리 가슴속에 머무는 것들.

행복한 삶에 대한 열망.
가족에 대한 그리움.
타인과의 의미 있는 연대.
동시에, 혼자라서 더 완벽한 휴식에 대한 꿈…

그들을 집 안 곳곳에 배치하거나
집 안 곳곳에서 발견해내는 과정이
이 책 안에 있다.

그 과정이 또 다른 누군가의 머묾으로 옮겨 가
잠시나마 숨통이 되고,
작으나마 생활의 재발견이 된다면 좋겠다.

천천히 온갖 전셋집을 전전한 뒤
차곡차곡 집을 지을 수 있는 50이 되어서
참 다행이다.

덕분에 내가 진정 집에서 원하는 것이 무엇인지
알아낼 시간이 충분했다.

덕분에 세상을 온통 돌아다녔다.

차례

당신만의
방

사랑하는 추억을 수시로 바라볼 수 있게
과감히 집을 꾸릴 일이다.

길에서는 그런 추억을 만들기 위해
과감히 몸을 던질 일이다.

위안을 넘어선
팩트

커튼을 열며 새 하루의 햇빛에 감사한다.
하루치 시동을 걸고 의욕을 장착한다.
커튼을 닫으며 새 달빛에 감사한다.
시동을 끄고 놀거리를 찾는다.

언제 어느 곳에서든지
새하얀 커튼이 바람에 일렁이면
꼼짝없이 매혹당하고 만다.

나는 그 창가에 정지해야 하고
커튼의 움직임을 지켜봐야 한다.

바람을 타는 커튼의 일렁임은 스토리가 없다.
그렇다고 반복도 아니다.
끝없는 전개다.

음악이고 노래다.

하지만 음악이나 노래라는 게 그렇지 않은가.
있으면 좋지만,
없어도 산다.

결혼하고 20년 동안 커튼 없이 살았다.
경제적으로 안정되기 시작한 40대 중반 전까지
처음 15년간은 2년마다 이사를 다녀야 했다.
내 것이 아닌 창문에 커튼을 다는 것은
'불필요한 사치'처럼 여겨졌다.

15년 뒤부터는 커튼을 달지 못할

형편까지는 아니었음에도

이미 없이 사는 것에 익숙해져 그냥 살았다.

직사광선이 심한 집에서는 선탠을 하며 깨어났고

새시가 허술한 집에서는

실내에서도 잠바를 걸치고 살았다.

내게는 좋거나 나쁘다고

단정하기 애매한 능력이 있는데

가질 수 없다고 판단되면

그 자리에서 욕망하기를 멈추는 능력이다.

초등학교 때 어떤 남학생에게 호감을 느끼다가도

그 애가 다른 아이에게 호감을 가진 걸 알면

바로 나의 감정을 닫았다.

당연히 짝사랑이란 건 해보지 못했다.

결혼하고도 마찬가지였다.

신혼 초, 군 복무 중이었던 남편이

"통장에 남은 돈이 없는데 어쩌지?"라고 말하면

내 대답은 언제나 같았다.

"안 쓰면 되지!"

그날부터 손가락을 빨며 월급날까지 버텼다.

그 기간에는 가질 수 없는 것을 욕망하지 않았다.

욕망하지 않으니 불행하다는 느낌도 없었다.

남편이 다음 전셋집의 한도액을 말할 때도
마찬가지였다.

"오케이!"

그 금액에 맞춰 찾으러 다녔고
찾고 나서는 만족했다.
그러고도 매 순간 잘 살았기 때문에
더 크고 멋진 집들을 욕망할 일도 없었다.
그런 집들은 내게 꼭 필요하지 않은 것들을
구태여 갖춘 '불필요한 사치'처럼 여겨졌다.

어차피 가진 것 없이 결혼 생활을 시작했기 때문에
가질 수 없는 것을 바라는 데 시간을 쓰기 시작하면
하루가 48시간이어도 모자랐다.
차라리 가진 것을 어떻게 가꿀까 생각하는 것이
훨씬 경제적이었다.
아주 낡은 빌라에 한 뼘 후미진 뒷마당만 딸려와도
애정을 담뿍 담아 가족 공원을 꾸밀 생각을 했다.
벤치도 놓았다가
꽃도 심었다가
조약돌도 깔았다.

천진한 아이란 그럴 때 참 고마운 존재여서
내가 벤치를 놓으면 거기 올라가 흥분한 얼굴로
"나는 세상의 왕이야!" 외쳐주었다.
그러면 우리 집은 궁전이 되는 거였다.
내가 조약돌을 깔면 바쁘게 돌을 뒤집고 흙장난을 했다.
그러면 우리 집은 놀이동산이 되는 거였다.
한 뼘 후미진 뒷마당이 딸린 낡은 빌라에
우리 가족이 깃든 것은 정말이지 아무나 못 누리는
행운을 차지한 일이 되는 거였다.

결핍은 다만 해석으로부터 오는 거였다.
풍요도 다만 해석으로부터 오는 거였다.

우리는 매 계절을 신나게 보냈다.
사는 데에는 커튼 말고도
중차대한 일들이 너무 많아서
나는 '가진 것'들이 불러오는 일만으로도 수시로 벅찼다.
더불어 시간은 내가 벅차 한다는 것을 눈치채고
자신의 유일한 관대함을 발휘했는데,
바로 20년씩이나 되는 세월도
막상 그 안에 들어가 있으면
훌러덩 지나간 것처럼 느끼게 해주는 것이었다.

그렇게 훌러덩, 20년이 흘렀다.

하지만 나는 나도 모르게 욕망했던가?

아이가 스무 살이 되던 해,
집을 짓자마자 새하얀 시폰 커튼부터 달았다.
20년간 못 부린 '불필요한 사치'를 충실히 부리려는 듯
빛이나 온도 조절에 가장 비실용적인,
그러나 가장 일렁일렁 쉼 없이 노래하는 시폰 커튼을.

내가 나도 모르게 욕망하는 것은 가짜 욕망인가,
아니면 그것이야말로 진짜 욕망인가?

커튼이 마치 집의 완성을 입증하는 물품이라도 되는 양
20년을 아무렇지도 않게 커튼 없이 살아온 사람이
단 하루의 배송 지연도 애태우며 서둘러 달았다.
20년간 창문으로 쏟아져 들어오는 빛에 대해
어떤 통제권도 지니지 못했던 사람이
더 완벽한 통제권을 지니겠다고 선언하듯
거실 창문에는 하얀 덧문까지 쾅쾅 달아버렸다.

유럽에서 내가 많이 찍는 사진 가운데 하나는
단연 창문 사진들이다.

구시가지의 좁은 골목 위로

창가에 매달린 색색의 빨래들.

납작한 빨래가 바람에 펄럭이며

둥글게 몸을 부풀리면

풍선이 두둥실 날아갈 때처럼

저절로 마음이 가벼워지곤 했다.

숙소에 도착하면 나무 덧문이 틈을 벌려

햇살을 물살처럼 흐르게 했고

베개 위로 내려앉은 덧문의 그림자는

태양의 이동에 따라 늘어났다 줄어들었다

춤을 추었다.

유럽인들은 자주

창가에 턱을 괴고 앉아 밖을 내려다본다.

창문으로 상체를 쑥 빼고

저 아래 지나가는 사람과 대화한다.

굳이 집을 놔두고

테라스에 나와 꽃나무에 물을 주고

굳이 집을 놔두고

좁은 테라스에 모여 옹기종기 가족 식사를 한다.

단열과 방풍에 매우 효율적인

우리의 사각형 새시가 일관되게

경직되고 폐쇄적인 집의 표정만을 보여준다면
그들의 창문은 저마다 살아 있어서
칠이 다 벗겨졌으면 벗겨진 대로
새로 칠했으면 새로 칠한 대로
다양한 나이대의 생기 있고 개방적인
집의 표정을 보여준다.
그로써 온 거리가, 동네가,
도시가 활기차 보이곤 한다.

도시 전체가 살아 있는 박물관이자
역사적 사건의 무대인
로마에서 보름간 머문 적이 있다.
백 년 묵은 건물의 옥탑방,
그곳 옥상에서 빨래를 널며
저 멀리 바티칸 성당 뒤편으로 내려앉는
보랏빛 석양을 바라보노라면
종종 이런 질문을 하지 않을 수 없었다.

'창문 하나하나까지 아름다운 곳에서 태어난다는 것은
어떤 기분일까?'

그 질문은 다시,

'완벽한 얼굴로 태어난다는 것은 어떤 기분일까?'

'평생 다 못 쓸 재산을 태어나자마자 물려받는 것은?'

이런 질문들로 이어졌다.
질문이 이렇게 이어지면
답이 별로 어렵지 않았다.

쉽게 주어진 것은 귀하지 않은 법이라,
그들은 못 가진 이들이 생각하는 것만큼
어마어마하게 행복하지 않다.

제아무리 쉬워 보이는 인생에도
날카로운 돌부리가 있고
그것만으로도
인생 전체가 걸려 넘어질 수 있다는 것은
단순한 자기 위안을 넘어선, 팩트다.

반대의 질문들도 이어보곤 했다.

'내전 중인 나라에서 태어난다는 것은 어떤 것일까?'

'매일 끼니를 찾아 헤매야 한다는 것은?'

'태어나자마자 지지리 가난한 11남매 중
막내가 되는 것은?'

어렵게 주어진 것은 귀한 법이라,
그들은 가진 이들이 생각하는 것만큼
어마어마하게 불행하지 않다.

제아무리 어려워 보이는 인생에도
간간이 내리쬐는 햇살이 있고
그것만으로도
인생 전부가 살아진다는 것은
단순한 자기 위안을 넘어선, 팩트다.

⌐
나는 20년 만에 커튼을 가진 사람답게
온 집 안의 커튼을 여는 것으로 하루를 시작한다.
온 집 안의 커튼을 닫는 것으로 하루를 마감한다.

이전까지 없었던 이런 하루의 개폐식은
조금도 귀찮지 않으며
오히려 마추픽추에서 태양신께 제의를 올리는
잉카인들처럼 경건한 마음으로
해를 맞이하고 달을 맞이하는 의식이 된다.

커튼을 열며 새 하루의 햇빛에 감사한다.
하루치 시동을 걸고 의욕을 장착한다.
커튼을 닫으며 새 달빛에 감사한다.
시동을 끄고 놀거리를 찾는다.

집에 커튼을 단 것은 마침 겨울이었다.
겨울에는 제아무리 얇은 시폰 커튼도
창문과 집 사이에 공간을 만들어내고
거기 공기와 온기를 품었다가
건드리면 툭, 달걀처럼 깨어지며 그것들을 퍼뜨렸다.
나는 코가 명민한 개처럼
깨어진 달걀에서 탄생한 공기와 온도를 감지하며
그 아늑함을 킁킁거렸다.

그리고 생각했다.
봄도 좋을 것이다.
여름도 좋을 것이다.
가을도 좋을 것이다.

그냥 다 좋을 것이다.
20년쯤 기다렸다 소유하는 모든 것은
계절 따위 타지 않는 법이니.

어렵게 주어진 것은 귀한 법이라.

옥탑방 창문에서
바라보면

하루치 포옹과 인사말, 가족의 살냄새와
바쁘고 성가시고 그러나 보람찬 돌봄.
그것을 어서 돌아가 최대한 누리는 것이 인생이다.

옥탑방으로 올라가 창밖을 내다보면
동쪽이다.

거기엔 뾰족탑을 높이 올린 삼애교회가 있고
인근 집들로 오르는 계단 수십 개가 있다.
집들은 부암동 대부분이 그러하듯
경사를 따라 오종종 아늑하게 자리하고 있다.

저녁이 되면 나는
20세기 초 파리 시내에서 "호외요! 호외!" 하고 외치다
다락방으로 돌아가는 신문팔이 소년처럼
온종일 노곤해진 다리로
터덜터덜 나무계단의 끝까지 오른다.

옥탑방에서 창밖을 내다본다.
창밖에는 내가 하루 한 차례 꼭 시선을 두는 집이 있다.
다른 이유는 없다.
그 집 불빛이 환하고 따뜻하다.
오각형 창문이 시원하고 개성 있다.
그뿐이다.

저녁나절 그 집에 불이 켜져 있으면
나는 케이크 위에 초가 밝혀졌을 때처럼
괜스레 기분이 좋다.

'오늘도 안녕하구나.'

그 집에 사는 사람은 나를 알지 못한다.
나도 그 집에 사는 사람을 알지 못한다.
그래도 매일 그 사람의 안녕을 기뻐한다.

바닷가 마을에는
저녁이 오면 그들만의 소리가 있다.
허술한 판잣집마다 식기가 달그락거리고
통통거리며 보트들이 돌아오고
골목마다 어른과 아이의 소리가 한데 섞인다.
시간이 더 흐르면 그 모든 소리가 한풀 숨죽이고
파도 소리가 온 마을을 압도한다.

필리핀의 팔라완(Palawan)섬에서
조금씩 다른 그러나 본질적으로 매우 닮은
바닷가 마을에서 마을로 이동했다.
새로운 마을에 도착하면 어김없이 걸었다.
마을 전체를 관통하는 길은 대개 한 줄뿐이었다.
그 길을 천천히 걷노라면 매우 단순한 생명체의,
그러나 극도로 생명력이 집약된
동맥을 더듬는 듯한 느낌이 들었다.

삶은 조금도 복잡한 만화경 같지 않았고

생, 로, 병, 사,

앞이 다 비쳐 보이는 셀로판지 같았다.

가난할수록 길은 단순해졌다.

가로등 하나 없었다.

밤이면 파도 소리가 생생하게

무대를 장악하는 주인공이 되어

암흑에 알 수 없는 깊이를 더했다.

᥈

산동네에도

저녁이 오면 그들만의 소리가 있다.

비탈을 느리게 오르는 어른들의 탁한 발소리,

날아서 오르는 아이들의 맑은 발소리가 한데 섞인다.

새들은 점점 침묵 속에 부리를 파묻고

개들은 필요 이상으로 민감하게 컹컹 짖는다.

시간이 더 흐르면 그 모든 소리가 한풀 숨죽이고

불빛이 온 마을을 압도한다.

콜롬비아의 보고타(Bogota)에서

조금씩 다른 그러나 본질적으로 매우 닮은

산기슭의 파벨라(빈민가)들을 여행하면서

나는 미로 같은 골목을 걸었다.

길은 엉킨 실타래 같았다.

치안이 엉망인,

그러나 아무도 집을 지키지 않고 나와 노는

골목들을 천천히 걷노라면

매우 복잡한 생명체의,

그러나 끝끝내 동맥 같은 건 만들어내지 못하고

모세 혈관만으로 온몸을 채운,

성장도 진화도 없이

노화해버린 몸을 더듬는 느낌이었다.

삶은 개선될 수도

개선되어야 할 당위도 없는 것 같았다.

앞도 뒤도 없고 맥락도 지도도 없고

그저 그대로 잠시 모였다 흩어지는 모래알 같았다.

가난할수록 비탈은 더 가팔랐다.

밤이면 가파르게 흩뿌려진 등불들이

장엄한 빛의 파노라믹 뷰를 만들어냈다.

꼬

낯선 밤길들을 걷는 동안,

나는 안에서 솟아오르는

단 하나의 뜨거운 욕망에

당황하곤 했다.

'피로한 몸을 누일 집을 갖고 싶다.'

집을 박차고 떠난 자가 갖기에는 당황스러운 욕망.
그러나 그것이 결국 내가 떠난 이유였다.
언젠가 인터뷰에서 말한 적이 있다.

"행복한 사람은 떠나지 않는다. 그냥 산다."

내 삶의 어떤 것과 극심히 불화할 때,
제자리에서는 끝내 답이 보이지 않을 때
그것의 답이 될 지혜를 찾기 위해서 나는 길을 떠났다.

부모의 집에서 나는 불행했다.
부부의 연으로 세운 집에서도 나는 불행했다.
불행의 정의는 모호한 듯하지만 사실 명확하다.
기대와 현실 사이의 간극이 큰 상태.
불행을 줄이려면
기대에 현실을 맞춰 내가 현실을 적극 견인하거나
현실에 기대를 맞춰 나를 낮추고 자족해야 한다.
젊은 나는 기대치를 낮출 수 없었다.
견인하다가도 쉽게 지쳤다.

행복은 너무나 어려운 과제였다.
그러나 포기할 수 없는 과제였다.

아이를 보면 포기할 수 없는 이유는 더 또렷해졌다.

행복하지 않은 집에서 성장기를 보낸다는 것이 무언지

잘 알고 있었다.

그런 대물림은 하고 싶지 않았다.

낯선 길 위에서 아침을 맞으면

숨겨진 근육까지 햇살이 들었다.

행복해지는 지혜를 찾을 수 있을 것 같은

희망에 사로잡혀

새로이 가방을 어깨에 멨다.

가방은 조금도 무겁지 않았다.

그러나

낯선 길 위에서 밤을 맞으면

꼭 쥔 주먹 속까지 기어코 어둠이 깃들었다.

메마르고 비좁은 자신의 한계와 슬프게 직면했다.

지혜라니, 엿이나 먹어라.

가방은 납으로 된 좆같이 무겁게 늘어졌다.

불을 밝힌 창문 속 집 안에 있는

모든 이들이 부러웠다.

여행자가 집 안을 들여다보며 느끼는 그것은

여행하지 않는 자가 드라마나 영화를 찾아보며

느끼는 그것과 비슷한 것일지도 모른다.

'환상일 뿐이야. 그들이라고 모조리 행복할 리가.'

스스로에게 말하면서도 어쩔 수 없이,

나만 빼고 모두에게 집이 있는 것 같았고

집이 있는 모두가 행복한 것 같았다.

집을 박차고 나온 이가 집을 찾는 모순은

터덜터덜 어둠 속에서 찾아 들어간

게스트 하우스에서

모닥불에 장작을 집어넣고

장작이 오롯이 재가 되는 과정을 지켜보는 가운데

조용히 연소되었다.

똑같이 집을 박차고 나온 여행자를 만나

이야기를 나누는 가운데 잔잔히 달래졌다.

"맞아, 나도 그랬어.

떠날 수밖에 없었지.

떠나지 않고도 행복할 수 있었다면

참 좋았겠지.

그런데 더는 낮출 수 없었지.

더 바랄 수밖에 없었지…."

떠나고 싶어 홀연히 떠나왔지만

떠났다고 딱히 변한 것은 없는 떠난 자리들을

여행자들은 조금씩 그리워하거나

원망하거나

그저 하룻밤 잊었다.

여행이라는 것은 예측을 허하지 않는 유기체다.
그러나 격동의 스토리 전개 끝에
대개 상반된 두 개의 종착지로 여행자를 이끈다.

하나는,
모터가 그릉그릉 멈추지 않아
그대로 언제까지나 떠돌 수 있을 것 같은 종착지.
그 종착지에서 여행자는 생의 정면을 응시하고,
시답지 않은 의미 부여 따위는 하지 않는다.
그저 덧없고 덧없는 걸음을
나날이 축조하는 것이 인생이다.
모세 혈관의 재판이며 모래처럼 모였다 흩어지는
진화 불가능의 골목들.

'더 바랄' 수밖에 없어 떠났던 자신의 나약함은
이제 숲속의 자디잔 꽃송이처럼 애잔하다.
그대로 자신의 열띤 발바닥에 밤마다 입맞춤하면서
구하지 않고 기도하지 않고
들개처럼 살아갈 수 있을 것 같다.
가방 하나면 되었고
수도원처럼 작은 방이면 되었고
혹은 나무 아래면 되었고
한 잔의 탁한 물이면 되었다.

다른 하나는,

힘껏 당겼던 고무줄을 놓을 때처럼

엄청난 탄력으로 집을 향하는 버스를 기다리는 종착지.

그 종착지에서 여행자는

하루하루 눈에 밟히고 손에 잡히는

의미 부여로 살아간다.

하루치 포옹과 인사말, 가족의 살냄새와

바쁘고 성가시고 그러나 보람찬 돌봄.

그것을 어서 돌아가 최대한 누리는 것이 인생이다.

구하고 먹이고 입히고 기도하고

물과 노동에 부푼 손을 밤마다

포동한 아이 뺨에 얹으면서

똑같이 노동에 지쳐 잠든 배우자의 다리에

자신의 다리를 포개면서

여느 어른처럼 잘 살아갈 수 있을 것 같다.

둘 중 어느 종착지에서 돌아오든,

여행자의 운동화는

그가 속한 세계에서 가장 낡고 더러울 뿐 아니라

끈을 고쳐 매기만 해도

투둑 떨어져 나오는 흙 알갱이처럼

수많은 사연을 휘감고 있어서
한동안 그가 돌아온 곳
어느 한 귀퉁이에도 속할 수 없다.
모든 여행자의 형벌은 거기에 있다.

"맘대로 떠났다 돌아온 자, 너는 연옥에 머물라."

여행자는 다만,
여행지에서 사용했던 칫솔과 눈이 마주쳐도
외로움이 북받친다.
불과 며칠 전까지 해발 4500미터 사막에서
얼음물을 깨며 양치질을 했다.
지프차는 그의 목숨 따위 상관없다는 듯
절벽 위를 내달렸다.
그런데 숨 막히는 모험을 함께했던 친구들은
뜨거운 포옹을 뒤로하고 눈 깜짝할 사이
이역만리 떨어진 어딘가로 흩어져버렸다.

그는 열 번을 만나도 뜨거운 포옹 같은 건
나눌 일이 벌어지지 않는 일상 속에서,
제아무리 설명해주어도
실감도 공감도 어려운 사람들에게 에워싸여,
장황하게 자신의 모험을 설명하고 있다.
그리고 집으로 돌아와 칫솔과 눈이 마주치면,

외로운 울음이 목구멍에서 역류한다.
길 잃은 아이처럼,
길 잃은 아이처럼.

이곳이 진짜인가?
그곳이 진짜였나?
진짜는 과연 있나?

연옥에 갇힌 여행자는
당분간 마음을 부려놓을 곳이 없어
전화를 받지 않는다.
모임에 나가지 않는다.
은거한다.
다시, 아무 곳에도 속하지 않는 형벌.

꘡

파리 시내에서 종일 신문을 돌리다
옥탑방으로 돌아온
소년의 구두 밑창엔 구멍이 뚫려 있었을까?
소년에게도 매일 밤 내가 하는 것처럼
찾아내고 안도하는 창문이 있었을까?
소년에겐 더운물이 없고 오염된 시트가 있고
딱딱한 빵 조각이 있었을 것이다.

꿈은 꾸었을까?

어떤 꿈을 꾸었을까?

포트바튼(Port Barton)과 잔지바르(Zanzibar),

그러니까 바닷가 마을,

산타마리아(Santa Maria)와 산토도밍고(Santo Domingo),

그러니까 산동네들을 거쳐

나는 서울 부암동 자그만 땅 위에 집을 지었다.

불행한 날이라 해도

나만 빼고 모두 행복한 것 같다는 생각은

더 이상 하지 않는다.

황급히 짐을 꾸려 떠날 생각도 하지 않는다.

떠돌 만큼 떠돌았고

아무 곳에도 속하지 않는 형벌도 받을 만큼 받았다.

하지만 여전히,

매일 저녁 옥탑방 창문에서 다른 집 창문을 바라본다.

창문의 주인은

행복할 수도 행복하지 않을 수도 있건만,

그저 불이 켜진 것만으로 저녁마다 함부로 안도한다.

여전히 타인의 행복을 구경하기 위해

드라마와 영화도 본다.

해 질 녘이면 그렇게 변함없이

오랜 지병이 도져 기웃거린다.

행복을 알아보는 지혜를 찾아

지구 반대편까지 달려가던

나는 멈췄다.

찾던 것을 모두 찾아 멈춘 것이 아니라

멈출 줄 알게 되었기 때문에 멈췄다.

행복해져서 멈춘 것이 아니라

행복과 불행에 담담해져서 멈췄다.

여행의 상반된 두 종착지와

여행에서 돌아온 자의 연옥을 오가는 사이

행복도 불행도 사이좋게 나를 이뤘다.

걸레를 들고 책꽂이를 닦으며 책을 옮기듯이

어제 여기 앉아 있던 행복이

오늘 불행과 자리를 바꿔 앉아도

별난 절망 없이 걸레질하는 수고를 계속할 수 있다.

행복 대신 감사.

불행 대신 감사.

그 오래고 낡은 세상 모든 종교와 지혜의 키워드,

감사.

가끔씩 아주 적은 눈물이 떨어진다.

그때는 남몰래 침을 뱉는다.

소년이 옥탑방을 터덜터덜 올라오는 소리가 들리면
나는 벽장 속으로 몸을 숨길 것이다.
소년이 잠들면 벽장에서 빠져나와
구멍 뚫린 구두 밑창을 기워줄 것이다.
그리고 소년이 계속 꿈꿀 수 있도록
벽난로에 장작을 지펴주고
살금살금 계단을 내려올 것이다.

너는 푹 자고 일어나 세상의 험지를 모두 걸으렴.
멈출 줄 모르는 네 가여운 발이
가자는 대로 걸어가렴, 아이야.

꿈꾸고 싶다고 생각할 것이다,
소년처럼.

나는
어느 하룻밤쯤은.

별이 되고 달이 되어
숨겨둔 마을의 미친 이야기 속을
잊었던 속도로 거닐 것이다.

오늘 당신을 여기로
오게 한 것들

그것은 슬픔이 아니었다.
기쁨도 아니었다.
그저 온몸에 꽉 차오른 충만함이
몸 밖으로 밀어낸 수액 같은 것이었다.

처음으로 집을 짓는 사람은
꿈이 비현실적일 정도로 크다.
그 꿈의 크기를 점점 줄여가는 동안
집이 완성된다.

우리 가족에게 주어진 공간은 이러했다.
대지 면적 40평, 건축 면적 20평, 3층과 옥탑.

나는 꿈이 비현실적일 정도로 크다는
바로 그 처음 집을 짓는 사람이었고,
비교적 상상력이 풍부할 뿐 아니라,
각국의 멋진 건축물들까지 제법 둘러본 상태였다.
당연히 세상 훌륭한 것들을 몽땅
이 작은 집 안에 구겨 넣으려 했다.

'수영을 좋아하니 거실에 작게라도
실내 수영장을 만들어볼까?'
즉각 수영장 설치 및 관리에 대해 검색했다.

흠….
베벌리힐스에 대저택을 지닌 사람이
관리인에게 관리를 맡길 때
딱 적정한 정도의 손이 가는구먼.
포기!

하지만….
'실내에 잔디 중정쯤은 만들어도 좋지 않을까?'
즉각 잔디에 필요한 물과 일조량을 알아보았다.

흠….
매일 집에 붙어 죽기 살기로 잔디에 물을 주면 되겠군.
게다가 대한민국은 물 부족 국가가 아닌가?
포기!

이 모든 과정에서 남편은 조금도 도움이 안 되었는데
그는 내가 스무 살 적부터
상상의 날개를 펼쳤다 접었다 하는 것에
이골이 나 있었기 때문이다.
그는 한술 더 떴다.

"이 집은 네게 놀이터야. 마음대로 해봐."

계약금에 대출금에 앞길이 구만리였지만
그는 용케도 그런 말을 할 줄 알았다.
그 말에는 '집은 남자가 마련해야 한다'는
구습에서 자유롭지 못한 채
20년 넘게 발을 동동거리며 은행을 들락거리고
전셋집을 전전했던 한 남자의 지극히 한국적인
'미안하다'와 '고맙다'가 모두 담겨 있었다.

언젠가 때가 오면 '한번 꼭 해보고 싶었던'
꿈의 대사가 그에게는 그것이었을지도 모르겠다.

그래서 남편은 꿈의 대사를 멋지게 친 뒤
이승에서 천년 묵은 한을 풀고 승천한 이무기처럼
내가 집에 대해 어떤 상의를 하고자 해도
도통 관심이 없었다.

어쩔 땐 화가 치밀 정도로
내 말을 귀담아듣지 않았다.
그러므로 꿈의 대사는
결정적으로 이런 뜻이기도 했다.

"난 언제나처럼 은행과 서류를 맡을게. 집은 네가 지어."

흠….
잠깐만. 뭐라고?
설계에서부터 문손잡이까지?
집 한 채를 모조리??

이럴 때 아들이란 존재는 또 얼마나 '남' 같으신지.
지가 드러누울 침대와 마우스 굴릴 자리만 있으면
수상 가옥이든 트리하우스든 아무 상관없다는 게
녀석의 일관된 초월적 자세였다.

나는 능력 없는 판사처럼 아무도 관심 없는 법정에서
홀로, 수많은,
그러니까 비현실적인 꿈의 자료들을
뒤적이고 검색한 뒤
망치를 땅땅 두드리며 외쳤다.

"포기!"

"또 포기!"

"아 놔, 포기, 포기!"

그러고 나니 거실, 부부 침실, 서재, 아들 방, 욕실 같은
남들은 처음부터 딱 그것만 생각했을 것들이
비로소 남겨졌다.

체력 단련실(Gym)을 만들겠다는 꿈도
같은 방식으로 버려졌다.
그러나 꿈을 버리는 사람이란
본래 아쉬움도 큰 법이어서
항상 집요하게 대안을 강구한다.
공간이 부족해 체력 단련실을 못 만든다면
공간을 차지하지 않는 운동 기구를 들인다면?
이를테면, 운동 기구를 천장에 매단다면?

그렇게 플라잉 요가를 위한 '해먹'이 등장했다.
공간도 거의 차지하지 않으면서
시각적으로 아름답기까지 한, 매우 드문 운동 기구.

나는 우붓에서 처음으로 요가를 접했는데,
우연히도 여러 요가 수업 중
시간이 되어 골라잡은 첫 요가가 플라잉 요가였다.

그날은 일요일이었다.
안 그래도 여유로운 일상을 보내는
발리의 우붓(Ubud) 사람들이
더 여유롭게 움직이는 날.

당시 나는 우붓에 머물며 책을 쓰는 중이었고
마침 그날은 동생 경미가 휴가를 내
우붓으로 놀러 온 날이었다.
우리는 근처의 요가 센터로 향했다.
때맞춰 시작하는 수업은 플라잉 요가였다.
수련장으로 들어서자 사면이 거울과 유리창이었다.
유리창 밖으로는 온통 두터운 열대우림이었다.
너무나 황송한 전망을 지닌 수련장이어서
그곳에서는 엄지손가락 하나로 몸 전체를 들어 올리는,

뭐 그 정도 동작은 해줘야 어울릴 것 같았다.

'큰일 났네. 요가라곤 오늘 태어나서 처음 해보는데….'

우리는 밧줄 형태의 그네를 하나씩 차지하고 섰다.
강사가 들어왔다.
징그러울 정도로 완벽한 소근육과 대근육을 지닌
체지방 제로의 중년 여성이었다.
숱 적은 머리를 하나로 땋아 늘어뜨렸다.
강사는 들어오자마자 서양인 남자에게
짜증스럽게 말했다.

"배낭을 밖에 두지 왜 가지고 들어왔나요?"

"휴대폰은 왜 들고 왔어요? 여기선 사용 금지예요!"

내 옆자리 여자가 소근거렸다.
자신은 전날도 그녀에게 수업을 들었는데,
그네에서 몸을 뒤집는 순간에 겁이 나
잘 못 뒤집는 사람에게
"이건 믿음의 순간이야. 왜 너를 못 믿어!"라며
강사가 심하게 다그쳤다는 것이다.

우리는 쫄았다.

사실 옆자리 여자가 제공해준 정보가 아니더라도
이미 그녀의 몸에서부터 쫄았다.
그녀의 근육이 하도 완벽해서
여기저기 지방이나 쌓아놓고 방만하게 사는
우리 같은 것들은
그녀의 신경질적인 요구를 재깍재깍
군소리 없이 들어줘야만 할 것 같았다.
단순히 강사와 학생이라는 위계 때문이 아니라
그 정도의 근육을 만드는 데 사용되었을
극도의 고통과 인내에 대한 경외심으로부터.

그녀 앞에 서니 알겠다.
동네 헬스장을 드나들며 연로하신 분들 사이에서
내가 나름 '근육질'이라고 생각했던 것은
그저 비교 대상이 부족한 데서 비롯된 오해였음을.
우리는 거울 앞에 사정없이 비치는
자신의 모습과 대면해야 했다.

"경미야, 내 군살 좀 봐."

"언니, 나는 백곰 같아."

나는 내 몸을 사랑하려고 요가 센터에 발을 들였는데
발을 들이기 이전보다 벌써 내 몸을 덜 사랑하게 되었다.

완벽한 것들을 가까이하면 안 돼. 절대.

정말로,

그녀는 수강생들을 무자비하게 굴렸다.

빈틈없이 굴렸다. 군대 제식 훈련이 따로 없었다.

미소라곤 없었다. 친절함도 없었다.

시키는 동작을 못 해내면 무시의 눈'총'을 쏘았다.

그네에 발을 걸고 팔 굽혀 펴기를 하고

거꾸로 매달린 채 윗몸 일으키기를 했다.

경미와 나는 총에 맞지 않으려고 미친 듯이 따라 했다.

요가 매트 위로 땀이 '두둑 두두둑'

우박 소리를 내며 떨어졌다.

애 낳을 때보다 더 땀을 많이 흘린 것 같았다.

고난의 행군이 끝났다.

강사가 갑자기 소녀처럼 환히 웃었다.

수련장을 나가며 몇 번이고

우리에게 손을 흔들어주었다.

밖에 나가서도 수건을 목에 두른 채

요가 센터를 걸어 다니다가

우리와 눈이 마주치면 생글생글 웃어주었다.

그녀는 흡혈귀, 아니 '흡땀귀'였을까?

우리 땀을 다 빨아먹고 완전히 행복해졌을까?

'그래, 저런 몸을 유지하는 데 필요한

식단, 절제, 운동량이라는 게

평소 좋은 정신 상태를 유지하긴 힘들겠다,

센 운동을 해서 도파민을 듬뿍 뽑아내야

상태가 좋아지는

상시적인 운동 중독 상태일 수밖에 없겠다'라고

편하게 생각하고 그녀를 덜 부러워하기로 했다.

내 몸의 군살을 합리화하기로 했다.

그로부터 며칠 뒤였다.

경미는 떠났고 나는 다시 혼자가 되었다.

글을 쓰고 난 저녁,

몸에 축적된 피로를 풀 생각이 간절해졌다.

구글에서 우붓의 저녁 요가 프로그램을 검색해보니

'래디언틀리 얼라이브(Radiantly Alive)' 요가 센터에서

인(Yin) 명상 요가가 있었다.

'명상 요가라…'

사실 나는 근육통을 마사지나 이완 운동으로 푸는

유형의 사람은 아니다.

노동으로 꼬이거나 뭉친 근육이 있으면

다시 그 부위를 강화시키는 운동으로

근육통을 없애는 사람이다.

하지만 저녁 시간이라 운동량이 많은 요가는 없었다.

명상 요가라도 안 하는 것보다는 나으려니 하고

오토바이를 몰았다.

출입구에서부터 서로 포옹하는 사람들이 있었다.

그들의 포옹에는 독특한 몸의 자유로움이 있었다.

몸끼리 서로 열려 있었고

그 열림 속으로 경계 없이 들어가

친밀하게 만나고 있었다.

생경한 포옹이었다.

나는 그런 포옹을 할 줄 몰랐다.

이번 수련장도 다시 압도적인 열대림이 펼쳐진다.

유리창조차 없이 전면이 열린 공간이다.

어디서나 첫째 줄은

가장 공부를 잘하는 애들이 차지한다.

요가도 예외는 아니어서,

누가 봐도 밥도 안 먹고 요가만 한 몸을 지닌 이들이

첫째 줄에 자리 잡았다.

나는 비어 있는 둘째 줄 가장자리로 갔다.

내 앞엔 벗은 상체에 윗머리만 올려 묶은

섹시한 근육질 남자가 있다.

'이런 남자도 온 걸 보면 약간은 운동이 될지도 몰라.'

근력을 쓰고 싶어 죽겠는 나는 맘대로 기대했다.
완벽한 애플힙을 가진 여자 강사가 등장했다.
그녀가 흡입력 있는 목소리로 말했다.

"당신 몸속 가장 깊은 관절의 맞물림까지 느껴보세요."

그리고 그대로….
90분간의 '벌'이었다.
한 자세당 5분? 체감하기로는 10분?
어쩌면 정말 10분?
그냥 학교 다닐 때 무릎 꿇고 받는 벌과 똑같았다!
그런데 그 벌을 우붓까지 와서 돈 내고 받는 것이다!

게다가 저녁 시간이었다.
사위가 어두워지자 강사는 중간에 초를 밝혔다.
어둠의 신과 함께 열대림의 모기들이 강림하셨다.
그래, 저녁 시간 우붓에 사는 모기라면
나라도 여기로 오겠다.
모기들에게 SNS가 있다면 여기가 명실공히 맛집 1위.
방충망은커녕 유리도 없이 열린 공간이다.
게다가 모기 밥들이 단체로 10분씩
같은 자세로 대준다.

갓 태어난 아기에게 모유 수유를 하는 엄마라도
그 정도로 '잘 드시게' 꼼짝 않기는 힘들 것이다.

"당신의 진정한 존재에 다가가세요."

나도 꽤 뜬구름 잡는 소리를 하는 직업을 가졌다만,
그래서 '삶에서 벌어지는 모든 일들을 수용하라' 같은
문구를 가끔 쓴다만,
이 순간 그녀에겐 무릎을 꿇는다.
당신의 진정한 존재라니.
반성한다. 다시는 뜬구름 잡는 개소리하지 않으리.
모기에게도 무릎을 꿇는다.
그래, 날 잡아 잡숴라.

정점은 그녀가 안 그래도 기나긴 매 동작마다
"1분만 '더' 이대로 유지하겠습니다."라고 말할 때였다.
그 1분은 거짓말 하나도 안 보태고
한 시간처럼 느껴졌다.
그리고 그녀의 말처럼,
절로 '진정한 존재'에 다가가게 되었다.

그 순간 더할 나위 없이 심플해진
내 존재,
'고통'에.

근육과 근육의

뼈마디와 뼈마디의

고통에.

몇몇이 뛰쳐나갔다. 몇몇이 대자로 뻗어 잠들었다.

몇몇이 벌떡 일어나 모기약을 발랐다. (바로 나다.)

"인텐션(Intension, 의도)."

"인텐션."

그녀는 그 단어를 수없이 강조했다.

"당신이 지금 취한 자세의 의도를 생각하세요."

"오늘 저녁, 당신이라는 존재가 의도하는 바를

느끼세요."

의도? 무슨 의도?

돈 내고 벌서는 의도?

애써 고통을 유지하는 의도?

나는 마침내 내 앞에서 상체를 드러낸 섹시한 남자가

그러니까 나처럼 1회권이 아니라

무한 이용권을 끊었기 때문에

온종일 수업을 듣다, 듣다,

여기까지 온 것이라고 확신한다.

그도 후회하고 있을 거라 확신한다.

섹시했던 그의 벗은 상체는

이제, 모기들로 인해 거의 재난 상태다.

그러나 그는 긁지도 않는다.

저래야 저런 몸을 얻지.

나같이 고통에 미천한 것은

저런 몸을 구경만 해야지.

드디어 수업이 끝났다.

한 여성이 벌떡 일어나 강사를 끌어안는다.

열려 있고 들어가는, 예의 그 포옹.

수업을 시작하기 전뿐 아니라 끝낸 지금도

여전히 나는 모르는 그 친밀한 몸들의 세계.

그래, 선생은 '인텐션'을 깨닫게끔 이끌었으나

학생은 끝내 모르는 것이다.

모르는 것은 모르는 것이다.

못 가보는 것은 못 가보는 것이다.

어쩌겠는가?

라오스의 스님들이 내게 가르쳐준 것처럼,

다음 기회에.

이번에 안 되면,

다음 기회에.

々

며칠 뒤, 다시 래디언틀리 얼라이브 요가 센터였다.
나는 그날 우연히 그 수업을 선택했을 뿐이지만
알고 보니 일정 기간 지속된 프로그램의
마지막 수업이라고 했다.

방으로 들어섰다.
18개의 그네.
이번에는 밧줄이 아닌,
펼치면 해먹처럼 넓어지는 천 그네였다.

중년의 남자 강사 페드로는
활기차게 사람들을 맞이했다.
요가 매트의 상태를 살피고 그네 높이를 살폈다.
조교들이 수업 노트를 들고
구석 자리마다 둘러앉아 있었다.
그들은 수강생들의 자세 교정을 도와줄 예정이었다.

수강 확인증으로 나눠준 납작한 자갈돌에는
우연일까?
'홈'라고 쓰여 있다.

기쁠 희, 내 이름 끝 자.

18개의 그네가 사방에서 기분 좋게 흔들리고 있었고
사막과 사막을 걷는 자를 떠올리게 하는
이국적인 명상 음악이 흐르고 있었다.
기대에 찬 사람들의 가벼운 웅성거림 속에서,
그 많고도 많은 한자 중 내 이름 자가 새겨진
돌을 받아 쥔 기쁨이 턱없이 커서,
나는 내 곁의 서양인 조교를 붙잡고
'어머, 이게 내 이름 자예요! 무슨 뜻인 줄 알아요?'
라고 떠들어대고 싶은 걸 꾹 참았다.

(참아라, 내일모레 반백 살이다.)

수업을 시작하기 전,
페드로가 남미식 영어로
조교들을 하나하나 소개하는 게 좋았다.
그들이 여기 당신을 도와주러 와 있는 거라며
동석해도 괜찮겠냐고 묻는 게 좋았다.
그들이 당신의 몸을 만지는 게 싫으면
미리 알려달라고 말하는 게 좋았다.
혹시 당신이 다쳤거나 불편한 곳이 있으면
그것도 미리 알려달라고 말하는 게 좋았다.

페드로는 활기차게 우리를 이끌었다.

나는 잘 알아들을 수 없는
그의 남미식 영어 악센트 때문에
열심히 그의 동작을 눈으로 좇아야만 했다.
그가 이끄는 대로
매트에서 그네에 발을 걸었다가 뻗었다가
앉았다가 일어섰다.
돌고 눕고 윗몸을 일으키고
뒤집어 거꾸로 매달리고
스윙, 스윙, 스윙….

충분하다고 느낄 만큼 움직였다.
기쁘다고 느낄 만큼 땀을 흘렸다.
적절하다고 느낄 만큼 놀이 같았다.
적절하다고 느낄 만큼 수련 같았다.

페드로는 노련했다.
중간중간 힘든 동작을 모두가 완성해내도록
적당히 밀어붙였고 적당히 농담했다.

조교들은 딱 적절한 때에
내게 찾아와 등을 꾹 눌러 더 납작해지도록 했고
팔을 조금 더 당겨 완전히 펴지게 했다.
조교가 만들어내는 그 마지막 몇 센티는
전혀 새로운 느낌으로 내 몸을 이끌었다.

그래서 "괜찮아요?" 조교가 물으면
나는 "오오, 예에스!" 포르노 여주인공처럼 신음했다.

모든 좋은 수업에는 흐름이 있다.
부드럽게 시작해서 점점 강도를 높여가고
가장 격한 클라이맥스 뒤에
다시 부드러운 착륙.

그러고 나면,
우리는 이전엔 알지 못했던
새로운 세계에 안착했음을 깨닫는다.

땀과
땀과
땀

뒤에

긴장과
이완

다시
긴장과
이완

뒤에

페드로는 우리에게

그네를 해먹처럼 최대한 넓히고 드러눕게 했다.

넓어진 천으로 머리끝부터 발끝까지 감싸게 했다.

자궁 속 태아가 되는 거라고,

고치 속 애벌레가 되는 거라고.

천이 연약한 생명을 감싸는 얇은 막처럼

부드럽게 전신을 감쌌다.

그는 우리에게 최대한 몸을 펼치고

힘을 주었다가 풀라고 했다.

그리고 말했다.

"이제, 항복하세요."

항,

복.

나는 싸우고 있지 않았다.

적어도 그렇다고 생각했다.

그런데 그 말이 갑자기 나를 세게 밀쳤다.

주저앉도록.

낮아지도록.

엎드리도록.

힘을 빼도록.

"가장 편안한 자세로 그네에 몸을 맡기세요, 자유롭게."

"지금부터 꼭 해야 하는 건 아무것도 없습니다."

"인텐션."

"오늘 당신을 여기로 오게 한 것들을 떠올려보세요."

그때였다. 드디어,
인텐션.
그것이 내게 훅, 들어왔다.
썰물처럼
오늘 나를 이곳에 오게 한 것들이 밀려와
나를 덮쳤다.

최초의 발리.
침대 위에 힘없이 드러누운 아들,
아픈 아이를 위해 찾아든 생애 최초의 리조트,
그곳의 수영장,
물,
깊고 맑은 물,
깊은 물 위에 드리운 지뿐 나뭇가지,

가지 위 등잔처럼 하얗게 핀 지뿐 꽃,

오토바이,

최초로 타는 법을 익힌 오토바이,

그날 달린 논두렁 위 밤하늘,

소금처럼 흩어진 별,

그리고 휘영청 보름달,

어느 날 들어선 '페르마타 하티',

길가에 위치한 보육원,

그곳의 아이들, 아이들,

매일 자라는 아이들, 매일 웃는 아이들,

아이들 노랫소리,

아이들이 함께한 그 모든 음악들,

그 모든 공연들,

원장 아유의 눈물,

나의 눈물….

눈물이 흘렀다. 그네에 안긴 채.

그것은 슬픔이 아니었다.

기쁨도 아니었다.

그저 온몸에 꽉 차오른 충만함이

몸 밖으로 밀어낸 수액 같은 것이었다.

어찌나 충만함이 꽉 차오르는지

수액이 멈추지 않고 전신으로 새어 나왔다.

수업이 끝났다.

페드로에게 다가가 감사의 포옹을 했다.

그의 열림 속으로 들어가

내가 느낀 친밀함을 놓고 나왔다.

주차해둔 오토바이를 찾는 동안에도

수액이 멈추지 않았다.

"오늘도 너무 행복했어. 이제 숙소로 돌아가."

남편에게 문자를 보내는 동안에도 멈추지 않았다.

오토바이가 하노만 거리를

처음부터 끝까지 달리도록 멈추지 않았다.

양수가 터진 여자처럼,

나는 그 순간 온몸에 꽉 찬 충만함을

어서 글로 내보내고 싶어서

그대로 꽉 붙잡고 달렸다.

⌂

집을 짓는 동안 새삼 확인한 것 중 하나는

정말이지 중국이 어마무시한 일을 해놓았다는 것이다.

원하는 물건이란 물건은 모조리,

그것도 매우 저렴하게 온라인에 깔아놓은 것이다.

덕분에 나는 예상보다 쉽게
'부암살롱'에 요가 해먹을 설치할 수 있었다.
페드로가 나를 자궁 속 아기로 만들었던 것과
똑같은 해먹은 단돈 3만 원이었다.
내가 숭앙해 마지않는 '기술자' 아저씨가
5분 만에 뚝딱 천장 콘크리트를 뚫고
해먹을 달아주었다.
살롱에 오는 친구들은 종종 그걸로 그네를 타고 논다.
나도 수시로 해먹에서 근력을 키운다.
그러나 무엇보다 좋은 점은, 볼 때마다
양수가 터진 날의 감격을 떠올릴 수 있다는 것이다.

어떤 추억은 분명
액자처럼 걸어놓고 자주 들여다보아야 한다.
책상 위에 사랑하는 사람의 사진을 올려두고
수시로 바라보는 것과 똑같은 바로 그 이유로,

사랑하는 추억을 수시로 바라볼 수 있게
과감히 집을 꾸릴 일이다.
길에서는 그런 추억을 만들기 위해
과감히 몸을 던질 일이다.

우리 삶에 인텐션이 있다면
그것 외에 다른 무엇이 될 수 있을까?

여행자의
집

집에 꾸준히 나다움을 담을 고민을 한다.
그로써 집에 머무는 시간 동안
내가 나다워질 궁리를 한다.

집을 지으며 집 안에 꼭 두고 싶었던 공간은
길이었다.

길 중에서도
작고 단단한 정방형 돌들을 콕콕 박아 만든
중세 유럽의 포장도로였다.

중세 유럽의 포장도로 중에서도
오랜 세월 동안 사람들의 발길이 끊이지 않아서
정방형 돌들이 반질반질 둥글둥글해진
'사랑받는' 길이었다.

맨 처음
"건평 스무 평 안에 길을 들이겠다." 했을 때는
그것 자체로 불가능한 바람 같았다.
하지만
"사랑을 많이 받는 중세의 포장도로를 들이겠다."
했을 때는 스무 평 안에 길을 들이는 것은
차라리 간단한 일이 되었다.

⌂

먼저, 나는 설계도에서 방을 모두 없앴다.
층마다 스튜디오 형태로 공간을 틔웠다.

문과 벽도 최대한 없앴다.

화장실처럼 꼭 필요한 '기능성 방'은

층마다 구석에 자그마하게 배치했다.

대신 각 층을 잇는 계단 옆에

충분한 공간을 두어 통로로 할애했다.

통로를 걷는 동안 길을 걷는 느낌이 들도록.

사실 우선순위만 명확하면 불가능한 것은 없다.

(우선순위가 남다를 때 남들의 반대가 있을 뿐.)

제아무리 스무 평이라 한들

면적은 문제가 되지 못했다.

진짜 문제는 길의 질감을 살리는 것이었다.

'오랜 세월 밟아 반질반질해진 돌을

어디 가서 구할 거야?'

대부분의 사람에게는 어이없겠지만,

나는 이런 질문을 좋아한다.

거기에 매달려 온종일을 보낼 수도 있다.

'어딜 가긴? 유럽의 중세 도시에 가서 구해 와야지.'

'어쩔 수 없어. 한 6개월쯤 체류하는 수밖에.'

(신난다!)

'어두워지면 골목길을 배회하는 척하다가,
아무도 없을 때 웅크리고 앉아
얼른 돌을 파내는 거야.
〈쇼생크 탈출〉처럼! 밤마다!'

'하루 대여섯 개씩만 공들여 파내도
6개월이면 방 하나 정도 만들 돌을
확보할 수 있을 거야.'

'눈에 안 띄려면 검은 망토가 필요하겠지?
중세의 마녀처럼?'

'오호, 재밌겠다! 두꺼비 왕자도 나타나나?'

'양심이 있지, 이제 왕자는 안 되잖아?'

'그럼 중년의… 왕?'

'아, 배불뚝이는 싫은데.'

'그냥 내가 싱글 왕비하고,
정력적인 무사 하나만 들이자.'

이런 쓸데없는 상상에 많은 시간을 보냈다.

이런 쓸데없는 시간이야말로

정말로 재미있는 시간이기 때문이다.

그래서 이 쓸데없음에 나는 늘 오래 머문다.

(비효율적이야. 나란 인간, 정말 비효율적이야.)

조금 이상한 논리이긴 하지만,

쓸데없는 시간이 길어져야 포기도 쉬워진다.

천 갈래 만 갈래 꿈속의 집을 지어놓고

중세의 마녀와 무사, 두꺼비 왕자까지 등장시켜

저마다 이야기를 이끌어가도록 내버려두면

결국 해리포터쯤 나타나주지 않으면

도저히, 도저히 실현 불가능한

상상의 집 한 채가 탄생하기 때문이다.

그러면 제아무리 현실과 상상 사이의 경계가

모호한 사람이라 해도

막상 타일 시공을 담당한 아저씨와의 첫 미팅에서

내가 계획 중인 '상상'의 집에 대해

입도 뻥끗 못 하게 된다.

(어디서부터 말을 꺼내? 검은 망토부터? 두꺼비 왕자부터?)

그래서 아저씨가 타일 시공법에 대해서

일자무식인 내게

몇 가지 '현실'적 가능성을 알려주는 것을

착한 아이처럼 가만가만 듣게 된다.

결국 중세 시대에 대해 한마디도 꺼내지 못하고
집으로 돌아온 저녁,
좌절하려는 자신을 간신히 붙잡고 질문한다.

'아, 이 간극을 어떻게 헤쳐나가지?'

누군가에게는 상상이 불가능한 세계이겠지만
나에겐 늘 현실이 불가능한 세계이다.
상상 속에서 정력 담당 무사까지 거느리며
풍덩풍덩 잘 놀던 마녀 왕비는
현실 속에서 의기소침한 착한 아이일 뿐.

타일 아저씨가 제시해준 현실적 가능성에
바짝 의지한다.
고분고분 인터넷 검색을 시작한다.
타일 가게에도 가본다.
일부러 하이힐을 신고 간다.
힘들어서 두 번 다시 못 가도록.

절대! 상상하지 않고
오늘 나는 여기 있는 것 중에 고를 것이다.
반드시 정하고 말 것이다.

밤이면 여전히
중세의 반질반질 '사랑받은' 돌들이
눈앞에 어른거린다.

아저씨가 타일을 골라 오라고 한 마감일이 다가온다.
마감 시간은 언제나 해결사.
'착한 아이'와 '마녀 왕비' 사이에서
정체성의 혼란을 겪는 이에게
고통의 종지부를 찍으라 종용한다.
시간 관계상 나는
오직 한 가지 사실에만 집중하기로 한다.

즉, 내가 왜 중세 유럽의 포장도로를 좋아하는가에.

돌조각들이 촛농처럼 녹아버린 그 길 끝에서는
언제나 갑작스럽게, 아름다운 것들이 등장했다.
눈물이 쏟아질 만큼 아름다운 것들이.

그것들 대부분이 이미 세계적으로 유명한 명소였다.
어떤 여행자라도 그에 걸맞은 부푼 기대감을 안고
그 길을 밟기 마련이었다.
그럼에도 늘 '갑작스럽다!'고 느낄 만큼
기대를 능가하는 것들이 나타났다.

오랜 세월에 걸쳐 추앙받은 아름다움은,
특히 그것이 '공간적' 아름다움으로 존재할 때
여행자의 평면적인 기대를 입체적으로 압도했다.

오랜 스테인드글라스를 통해 들어오는 햇살,
차가운 돌바닥에 스며든 축축하고 울퉁불퉁한 그늘,
계단을 감싸고 내려오는 나무 레일의 부드러움,
육중한 문을 밀 때 손에 넘치게 쥐이는 청동 손잡이,
방과 방, 다시 방과 방이 끝없이 이어진 복도,
정원의 분수가 제 몸의 끝까지
솟구쳐 만들어내는 무지개,
그 무지개의 포말을 향해 손을 뻗는
아이들의 탱탱한 살결,
그들을 종일 뛰놀게 하는 잔디와 숲,
숲을 통과하는 바람,
바람에 쓸려 노래하는 나뭇잎,
그 아래 소풍을 나온 요정 같은 소녀들….

언제나 여행자의 기대를 능가했다.
그렇지 않고서야 세상의 수많은 이들이 수백 년째
돌이 촛농이 되도록 그 길을 밟을 리가 없다.

나는 매번 그 길의 끝에서 걸음을 멈추었다.
찬탄의 숨을 내쉬었다.

바로 곁에 서 있던 수많은 사람들 역시
합창하듯 찬탄했다.
결국, 내가 그 길을 좋아하는 것은
그 길이 주는 설렘 때문이었다.
닳아버린 길로 가면 반드시 좋은 것이 나타난다.
최상의 것을 기대해도 그보다 좋은 것이 갑자기.

⌂

타일 가게에서는 마음을 정하지 못했다.
대신 인터넷에 올라온
거의 모든 타일을 다 뒤진 끝에,
가까스로 하나를 골라낼 수 있었다.

시우라나 안트라시타 데코(Siurana Antracita Deco).

'이 타일 위로 빛이 쏟아지면
중세의 포장도로처럼 빛날까?'

드디어 비효율적인 나의 상상력이
약간의 밥값을 할 차례였다.
눈을 감고
컴퓨터 모니터 속 타일 위로 빛을 그려보았다.
상상의 손으로 타일을 만져보았다.

발바닥을 대고 걸어보았다.

예스!
이 타일이라면
닳아버린 돌의 반질반질한 반짝임을
조금쯤 비슷하게 흉내 낼 수 있을 것이다!

그러나 타일 아저씨는,
마녀나 무사를 모조리 건너뛰고
현실로 왕창 수렴시킨 착한 아이의 선택조차
고개를 절레절레 흔들었다.

"이렇게 우툴두툴한 타일을 누가 집 안에 씁니까?"

"청소는 어떻게 하려고요?"

"이런 건 길바닥에나 써야지."

빙고!
길바닥, 바로 그거랍니다.

집을 짓는 내내
그것이 바닥 타일에 대해서든,
싱크대에 대해서든, 구조에 대해서든,

사람들은 언제나
관리의 어려움과 그에 따른 비용을
나보다 먼저 나보다 많이 걱정해주었다.
비용 절감, 관리상 편의, 프리미엄을 1등으로 삼는
아파트 민족다운 걱정이었다.
그들 대부분이 '…써밋'이나 '…캐슬' 같은
이름의 집에 살고 있었다.

우리 집의 이름은 그냥 '우리 집'이다.
나는 프리미엄의 세계 같은 건 모른다.
이제 막 짓고 가꾸려 하는 참에
왜 팔아 치울 순간을 먼저 생각하나?
그래서야 어디 마음이나 제대로 붙이고 살겠나?

유목민이 농경민이 되어 정착하는 것처럼
나는 내내 떠돌다
이제야 땅을 구하고 집을 짓는 마당이었다.
아무에게도 넘길 마음이 없었다.
뼈를 묻을 작정이었다.

또 나는 좋아하는 것에 대해서만큼은
관리의 어려움과 비용을 걱정하지 않는다.
자식을 키워보지 않았나?
반려동물, 애인, 여행, 취미 활동… 다 마찬가지다.

우리가 좋아하는 대상에 대해

보다 상위의 욕망을 갖는 순간,

뒤따르는 하위의 행위들은 얼마든지 감당할 수 있는

자잘한 수고들이 된다.

아이와 깊이 교감하니

똥 치우는 것쯤 아무렇지도 않게 해낼 수 있고

히말라야에서 자연의 영험함을 대면할 수 있으니

수년간 몸을 단련하고 경비를 준비할 수 있다.

내가 좋으면

좀 힘들어도 기꺼이 청소할 수 있다.

좀 비용이 들어도 보수하며 살 수 있다.

집과 내가 서로 좋아할 수 있고

좋아하는 나머지 함께 오래 머물 수 있으면 된다.

내가 집에 머물기도 하지만

집이 내 안에 머물기도 하는 것이다.

자식이나 반려동물이나 애인에게 그러하듯

나는 집과 함께하는 매 순간,

그것이 사계절이든, 집수리든,

공존을 가능케 하는 모든 과정을

소중히 여길 뿐이다.

집에 꾸준히 나다움을 담을 고민을 한다.

그로써 집에 머무는 시간 동안

내가 나다워질 궁리를 한다.
집에서 꾸준히 탄력을 받아
밖에서 지침 없이 일할 수 있고
돌아와서는 휴식을 가꾸는 삶을 꿈꾼다.

프리미엄은 불경하다.
노동한 만큼만 얻으련다.
집에서 가꾼 탄력으로
좀 더 건강하게 오래 일하면 되니.

⌂
내가 아이를 내 식으로 키우는 동안
주변에서 우려가 끊이지 않았듯이
내가 내 식으로 집을 짓는 동안
주변에서 우려가 끊이지 않았다.
아이를 다 키우고 나서야 우려가 잦아들었듯이
집을 다 짓고 나자 우려가 끝났다.
(언젠가부터 나는 참견하는 이들과 논쟁을 벌이는 대신
조용히 결과물을 내미는 데 익숙해졌다.)

"이런 건 집 안에 까는 게 아니다."라고 했던
타일 아저씨가 말씀하셨다.

"깔아놓고 나니까 의외로 이쁘구먼."

실은 조명도 마찬가지였다.

부암살롱 천장에 전구 90개를 달기로 했을 때

"참나, 왜 이런 개고생을 시키지?"라며

대놓고 불만하던 전기 아저씨는 말씀하셨다.

"이제 보니 감각이 대단하시긴 하네."

그리고 어느 날 뜬금없이 우리 집 벨을 눌렀다.

그의 곁에는 비슷한 작업복 차림의 친구가 있었다.

그는 대뜸 친구를 데리고 부암살롱으로 들어갔다.

"자, 이거야. 이게 나를 개고생 시켰던 바로 그거야."

집을 짓는 내내 내가 '선생님'이라고 불렀던 분들,

내가 숭앙해 마지않는

가장 현실적이고 효율적인 것,

기술,

그것을 가지고 계신 그분들에게는

다만 나처럼 비현실적이고 비효율적인 능력,

미리 '상상하는 힘'이 조금 부족했을 뿐이다.

⌂

시우라나 안트라시타 데코.

아침에 일어나면
나는 침대에서 다리를 내려
그 타일 위로 발을 얹는다.
발바닥에 닿는 볼록한 돌의 감촉으로부터
내가 길 위에 섰음을 느낀다.

터키의 아피온(Afyon)에서
고린내 나는 양 내장국을 먹으며
그 사돈의 팔촌쯤 되는 설렁탕을 떠올리고
흐뭇해할 수 있었던 바로 그 응용력 그대로,
나는 타일에서 중세 유럽의 포장도로를
넉넉히 떠올릴 수 있다.
체코의 체스키크룸로프(Český Krumlov)에서
스페인의 론다(Ronda)에서
아침부터 저녁까지 걸었던
그 반질반질 닳아버린 포장도로를,
그때의 노곤하고 얼얼한 발의 감각을
떠올릴 수 있다.

그러면,
설렌다.

여행자의 집에 깔린
이 길을 믿는다.

길의 속성을 믿는다.

아무튼 일어나기만 하라.
아무튼 걷기만 하라.

길 끝에서
오늘도 멋진 일이
기다리고 있을 것이다.

시간이란
무엇인가

내게 시간이 주어져 있다는 건
언제나 신비롭고 감사한 일이다.
마지막 그날까지,
내가 쟁취한 것이 아니라 주어진 것이기에.

2020년,
다시, 돌고 돌아서,
부암동으로 돌아왔다.

2000년,
계룡산에서 3년을 보내고 올라온 그해,
"다시 도시에서 살 수 있을까?"
자신 없어 하던 내게
"서울 한가운데에 시골 같은 곳이 있어."
친구가 손을 잡고 이곳으로 이끌었다.

아이를 낳았고
육아의 황금기를 보냈고
글을 쓰는 것을 업으로 살아가기 시작했던 곳.

11년 만에 돌아와
저녁마다 걷는다.

부암동의 구석구석을 함께 걷던 아이는
어른의 세계로 떠났고
나는 홀가분하게 홀로 걷는다.

걷는 것.
그것은 내 삶에 깊숙이 체화된 동작이다.

앞이 안 보이게 되거나 팔을 못 쓰게 되어도
나는 아마 그럭저럭
몸의 새로운 여건에 적응할 것이다.
그러나 걸을 수 없게 된다면….
(자신 없다.)

운동화를 신고 집을 나서면
늘 걸음에 굶주린 사람처럼 걷는다.
몇 정거장쯤은 당연하게 걷는다.
20분이면 광화문에 닿는다.
운동화 안창과 마찰하는 발바닥이
뜨뜻하게 달아오른다.
겨울이면 뺨과 손가락이
바람에 차갑게 얼어붙는다.
여름이면 정수리가 뜨끈해지고
때때로 나무 그림자가 선연하다.

살아 있다고 느낀다.

장장 20년에 걸쳐 몹시 부산스러웠던,
마음과 시간을 마구잡이로 점유했던
'육아' 소동이 끝난 게 분명하다는 걸
분방한 걸음이 친절히 확인시켜준다.
(같은 자리라서 확인이 더 쉽다.)

다시 내 시간의, 공간의, 관계의
온전한 주인이 되었음을.

다행이다.

아이를 낳기 전,
한때 내 시간, 공간, 관계의 젊은 주인이었을 때보다
나는 많은 것을 스스로 다스릴 줄 알게 되었다.
다행히 이 다스림은
아직 죽음과 같은 안정이 아니다.
딱 삼첩반상 같은 안정이다.
궤도 밖으로 방황할 필요는 적어졌고
제자리에서 소담스럽게 나눌 이유는 많아진.

그런 삶을 간절히 소망했다.

계룡산에 도착했을 때처럼,
터키나 라오스나 아프리카에 도착했을 때처럼,
어렵사리 삶의 이 순간에 도달한 것에
깊은 감사와 감격을 느낀다.

그 느낌을 꾹꾹 손끝과 발끝에 담아
부암동을 걸어 다닌다.
산 공기를 들이마신다.

아침이면 모종의 설렘을 안고
창문을 연다.
창문 밖을 한참 내다본다.
저녁이면 전등 스위치를 올리고
나무 덧문을 닫기 전 또 한참 창밖을 내다본다.

내게 시간이 주어져 있다는 건
언제나 신비롭고 감사한 일이다.
마지막 그날까지,
내가 쟁취한 것이 아니라 주어진 것이기에.

이전에 나는 젊기에
매우 연약했고
외로웠고
모르는 것이 많았다.
확실한 것은 하나도 없었다.
그래서 두려워 자주 울었다.
누군가 내게 꿈을 물으면
의사, 교사, 또는 카페 주인,
뭐 그렇게 구체적으로 대답할 수가 없었다.

답을 구하는 질문들이 내 안에 너무 많았다.
그래서 막연히 '대답하는 사람'이 장래희망이었다.
무엇을 해서 먹고 살든 관계없으니

삶의 윤곽을 좀 투시할 수만 있다면
숨이 좀 쉬어질 것 같았다.

지금 나는 젊지 않지만
그때처럼 무르지 않고
그때처럼 외롭지 않다.
전보다 많은 것을 알게 되었고
그중에는 윤곽을 좀 잡은 것도 있다.

그래도 종종 울며 간다.

생은 여전히 확실한 것들 사이로
불확실한 얼굴을 들이밀며
"서프라이즈!"
놀라운 배신을 감행하고(아마 앞으로도 계속 그러리라.)
그런 생의 짓궂은 속성을 알게 될수록
들꽃처럼 피어나는 자그마한 기쁨들이 소중해서
더 자주 감격하고
더 크게 감동하는 사람이 되었기 때문이다.

⌂

시간이란 무엇일까?

종종 나는 그 많은 강렬한 여행을 하고도
까맣게 잊고 사는 것이 놀랍다.
남편과 그 많은 지옥을 경험하고도
다시 시시덕대며 사는 것이 놀랍다.
아이와 그렇게나 따스하게 살을 비비고도
혼자서도 잘 살아가는 것이 놀랍다.
산책길에서 내게 수많은 다짐을 속삭이고서도
다시 나를 붙잡고 다짐하는 것이 놀랍다.
셔츠를 산 뒤에 바지를 사고
얼마 뒤 다시 셔츠를 장바구니에 담는
지치지 않는 욕망이 놀랍다.

그러한 나는 젖었다가
이내 마르는 종이 한 장 같기도 하고
닥치는 대로 품었다
터뜨려 내보내고 사라지는 물방울 같기도 하고
다만 시간을 보관했다 흘려보내는
빈 깡통 같기도 하다.
무슨 책을 읽었는지, 누구와 만났는지
좀 더 잘 기록해두고
기억해두는 사람이었다면 나았을까?
(…라고 묻기에도 이미 열두 권의 책을 썼구나!)

우리를 지속시키는 것은

한 겹의 깨달음과
열 겹의 망각이 아닐까?

지난해 겨울부터 지금까지,
매일매일 아버지의 삶이 소멸하는 것을 바라본다.
아버지와 56년을 살고도 마치
자신에게만은 이런 날이 올 줄 전혀 몰랐다는 듯
당황하는 어머니의 감정 기복을 본다.

아버지가 입원했던
세브란스 병원의 탕비실에서
부실한 병원 찬을 보충해드리려
가져간 찬을 데우노라면
고약한 우연처럼
내가 스무 살 무렵 걸었던 백양로와
머물기 싫었으면서
졸업장을 따러 비겁하게 머물렀던
상경대가 고스란히 보였다.

그 시절 아버지는 최고조로 자신밖에 몰랐다.
그 시절 나 역시 최고조로 나밖에 몰랐다.

나는 내 젊은 힘을 다해 아버지를 싫어했다.
고작 스물한두 살의 나는

30년 뒤 내가 병원 탕비실에서
시간이 얼마 남지 않은 아버지를 위해 찬을 데우며
그 길을 바라볼 것을 전혀 예상하지 못했다.

부모님은 노인이 되었다.
아이는 젊은이가 되었다.
나는 중년이 되었다.
우리의 몸 상태는 끊임없이 변이하며
사회는 간단한 수식으로 그 상태를 분류한다.
아이와 이야기할 때
나는 종종 젊음에 꼽사리 끼는 기분이 든다.
부모님과 이야기할 때
늙음에 꼽사리 끼는 기분이 들곤 한다.
둘 다 이해할 것 같은 날이 있고
둘 다 이해할 수 없는 날이 있다.

다행히 체력은 아직 젊음 쪽에 걸쳐져 있다.
매일 두세 시간 정도 꾸준히 운동하는 덕분이다.
스무 살에 헉헉대며 오르지 못했던 산도
지금은 거뜬히 오르내린다.
운동은 확실히 시간을 뒤집는다.

그리고 어떤 운동하는 시간은,
자신이 놓인 시간에 대한

보다 크고 경이로운 발견을 허락한다.

'베지인다'에서 하는 수영이
내게는 그러했다.

🕊

나를 수영의 세계로 제대로 인도한 것은
단연 우붓의 빌라 베지인다였다.
아이가 아파서 생전 처음 게스트 하우스를 떠나
발을 들인 리조트.
그곳에는 멋진 수영장이 있었다.
단순히 수영장이 이례적으로 크다는 것뿐만 아니라,
태양의 고도와 그것이 수영장에 드리우는
꽃나무 그림자까지 고려한 섬세한 조경,
점차 해저 세계로 잠입하는 느낌을 주는
수영장 바닥의 기울기….
수영을 진정으로 사랑하는 사람이
수영장 안에서 누릴 수 있는 모든 것을
구석구석 헤아려 안배한 수영장이었다.

머리가 시릴 정도로 찬 지하수가
수심 2.5미터까지 들어차 있었다.
물속까지 빛이 내리쪼이는 한낮이면

빛이 꽃나무들을 통과하며 만들어낸 그림자들이
물속에서 자기들끼리 그림자놀이를 했다.
나는 산호초를 누비는 물고기처럼
그 그림자들 사이를 헤엄쳐 다녔다.
시시각각 변하는 그림자 연극에 넋을 잃어
시간 가는 줄 모르고 헤엄쳐 다녔다.
마침 그해, 베지인다에는 우리 말고 투숙객이 없었다.

하루하루 그 수영장에 빠져들었다.
얼마나 깊이 빠져들었는가 하면,
평생 타인의 삶을 그다지 부러워한 적이 없는데
베지인다의 주인이 엄청나게 부러웠다.
단지 매일 거기서 수영할 수 있다는 것만으로.
평생 누군가를 질투해본 적이 없는데
어느 날인가는, 나라는 존재, 지구상에서 사라져도
물과 빛은 꿈쩍 않고
이토록 아름다운 놀이를 계속할 거란 생각에,
말할 수 없는 질투심에 사로잡히기도 했다.

한마디로 사랑한 것이다.
그리하여 언제라도 비행기를 타고 찾아와
함께 놀고픈 그들은
무려 물과 빛,
자연의 근원적인 다섯 요소 가운데 둘,

나 같은 미물 없이도 완전한 존재들이었다.

나는 그들의 사랑에 있으나 마나 한

구경꾼일 뿐이었다.

그들이 자신들의 정사 장면을,

초대받지 않은 관음증 환자처럼 지켜보는 나를

내치지 않는 것만으로도 감사해야 할 지경인 것을.

수영장 바닥을 개구리가 건너간다.

비둘기가 잠시 내려앉아 수영장 물을 먹는다.

잎새 아래마다 큼지막한 달팽이들이

밤 나들이를 기다린다.

한낮의 땡볕을 피해, 그늘에서 그늘로 점프하며,

도마뱀이 길을 건넌다.

나와 같은 미물계의 동료들.

그들도 제아무리 보고 또 봐도 질리지 않았다.

하루 종일이라도 경탄하며 바라볼 수 있었다.

구경꾼은,

수영장 한구석에 웅크린 채로

그 순간, 관망이랄까?

참여 아닌 참여랄까?

기이한 구석 자리에서,

기이한 찰나의 순간을 보내며,

시간이 잠시 지나가기를 포기하고 머물러 있는 소도에

우연히 영광스러운 착륙을 한 것이란 걸 깨닫곤 했다.

당연한 이야기지만,
결국 나는 베지인다의 주인이 되지 못했다.
주인이 되기는커녕
이후 우붓에서 자주 장기 체류를 하게 되면서
잠시 외도했던 리조트와는 결별하고
애초의 숙소였던 게스트 하우스로 돌아왔다.

그래도 수영장만큼은 포기할 수가 없었다.
다행히 우붓의 숙소들은
만 원대의 게스트 하우스에도 수영장이 있었다.
점점 게스트 하우스를 선택하는 최우선 조건이
수영장 하나로 응축되어갔다.
여타의 기준들에 대해서는 한없이 관대해졌다.
조식이 별로여도,
교통이 별로여도,
주인이 불친절해도,
수영장만 큰 게 있는 곳이면!

몇 년 전, 우붓을 방문할 때도
그런 곳을 찾아냈다.

'아람 사리'라는 이름을 지닌 그곳은

막상 도착하고 보니

시내에서 여간 먼 게 아니었다.

시내에서 멀어질수록 시설은 촌스러워진다.

관리도, 서비스도 촌스러워진다.

상식적이고 표준적인 기준에서 멀어진다는 뜻이다.

('엉망'이란 뜻이다.)

게다가 결정적으로, 수영장이 커 보였던 사진은

포토샵의 속임수에 지나지 않았음을 알게 되었다.

엄청 커 보였던 원형 수영장은

널찍한 연못에 지나지 않았다.

관리조차 엉망이어서

'진짜 연못처럼' 미끈미끈한 이끼가

수영장의 모든 표면을 덮고 있었다.

더욱 결정적으로,

수영장 근처에서는 늘 소똥 냄새가 났다.

그것은 내가 수면 위로 고개를 내밀어 산소를 찾는

절체절명의 순간을 매번 확실하게 망쳐놓았다.

그 연못에서 무엇을 했을까?

매일 수영을 했다.

여느 때처럼 한 시간을 꽉 채워서.

하드웨어의 난감함에 적응하는 데는
이미 다년간 단련된 바가 있었다.
연못 수영장의 장점도 한몫했다.
물속에 들어가면 뿌연 물이 시야를 가렸기 때문에
나는 애써 무언가를 보려고 하지 않았다.
시각 편향적인 시대를 사는 현대인은
시각을 내려놓는 순간, 더 많은 감각을 선사받는다.
나는 더러운 연못 속 나이 든 잉어처럼
눈이 먼 채,
눈이 먼 것에 괘념치 않고,
나의 헤엄치는 동작에만 집중할 수 있었다.

마침 원형 수영장이라는 것은 중요했다.
직선의 수영장이라면
공간의 시작점과 끝점이 있을 테고
그에 따라 동작의 시작과 끝이 생기므로
시각을 포기하는 것이 두려울 테지만
원형에서는 그렇지 않았다.
나는 한 시간 내내 뱅뱅 돌 수 있었다.
직사각형 수영장에서는 불가능했던 동선이었다.

과연 언제 그렇게 열심히 제자리를 돌아봤을까?
뱅뱅 도는 것,
바삐 사는 현대인에게 그것은 죄악과 같다.

그런데,

그렇기에,

신비로운 일이 벌어졌다.

나의 몸과 마음이

이전에 알지 못했던 새로운 상태로 이끌려갔다.

나는 직사각형 수영장에서

동작의 끊어짐과 함께 끊어졌던 생각들을

원형 수영장에서 연속적으로 하고 있었다.

다양한 '아이디어'들이 떠올랐다.

그 아이디어들을 받아 적어놓고 싶어져서,

수영장에 갈 때 수첩과 펜을 들고 나가

적기 시작했다.

직사각형 수영장,

거기에는 시작과 끝이 있다.

시작과 끝이 있으면

단위가 생기고 횟수가 생긴다.

'측정'이 가능해진다.

'기록'도 가능해진다.

기록이 가능해지면

기록을 기록하고

기록을 달성하며

다시 그 기록을 부순다.

우리는 매번 갱신할 의무를 부여받는다.

직선은 시간이다.

시간은 인간의 개념이다.

본래 '무한'히 순환하는 것에서 한 토막 끊어내 펼친

인간이 만들어낸 개념이다.

시작과 끝이 생기면

발을 세차게 차고 '출발'하게 된다.

전진이 생기고 후퇴가 생긴다.

선후가 생기고 승패가 생긴다.

전력 질주하게 된다.

승리감 또는 패배감을 느낀다.

원형에서라면 시작과 끝이 없다.

새삼스레 힘을 모아 발을 차며

새롭게 출발할 일도 없다.

그저 끝없는 유영만이 있다.

물고기처럼,

목적지 없이

강약 없이

나아간다.

회전한다.

회전한다.

시곗바늘처럼.

영원히 멈추지 않는 시곗바늘이 있다고 할 때

'직선의 시간'이라는 잘린 단위는

과연 대단한 의미가 있을까?

누구든,

어떤 개별적 상황에 놓여 있든,

이 원형의 시간을 보는 사람은

직선의 시간을 거부한다.

그에게 직선의 시간은,

보다 하등의 것이다.

마치 원형 수영장에서

계속 지름을 가로지르며 수영하는 행위처럼

끝없이 교차로만 부산히 가로지르는 행위처럼

부자연스럽고 불필요한 것이다.

그는 이 모든 경주와 난리 법석이

'본래 없는 것'에 대한

인위적 소동이란 것을 알기에

더 동참하고 싶어 하지 않는다.

다른 프레임이 다른 동작을 불러왔다.

다른 동작이 다른 생각을 불러왔다.

샘솟는 생각을 받아내느라

수첩과 펜은 늘 물에 젖어 있었다.

그 경험이 소중해,

매일 더러운 아람 사리의 연못으로 뛰어갔다.

그 수첩에 '수영장에서의 명상'이라는

제목을 달아두었다.

젖었다 마른 흔적으로 우툴두툴한 표지에.

꺅

아람 사리에서의 마지막 날,

나는 대기 중이던 택시에 오르자마자 창문을 열었다.

눈치 빠른 기사는 바로 에어컨을 끄고

자기 창문도 열었다.

"발리의 마지막 공기를 쐬고 싶어서요."

내가 말했고

"좋지요."

그가 말했다.

습기를 가득 머금은 대기에

반달이 은은히 숨어 있었다.

공항으로 향하는 일요일 밤,

산길에는 인적이 거의 없었다.

헤드라이트만이 어둠에 잠긴 나무들을 깨웠다.

창문을 연 것은

어수선한 호흡을 가다듬기 위해서였다.

조금 전 숙소에서 체크아웃을 할 때

주인은 야비한 계산법으로 자신의 말을 바꿨다.

기분 좋은 여행의 마지막을 구겨버리기에

충분한 수작이었다.

기사는 택시를 대기시켜놓고 이 모든 것을 지켜보았다.

그가 천천히 입을 열었다.

"생의 목표는 서로를 돕는 것입니다.

서로를 섬기기 위해서 일해야 하죠.

하지만 방금 전 주인은 눈앞의 이익을 위해 일했습니다.

돈이란 제아무리 많아도 결코 충분하다는 생각을

갖지 못하게 하는 것인데 말입니다."

그는 놀라운 철학자였다.

정중히 그에게, 자신에 대해 이야기해달라고 청했다.

"저는 필요한 모든 것을

아흔여덟 세이신 할아버지께 배웠습니다.

할아버지는 말씀하셨죠.

'우리는 실수로부터 배운다.'

어려서 죽는 것은

실수하지 않고 죽어서 좋은 것이다.

늙어서 죽는 것은

타인을 위해 오래 봉사하고 죽을 수 있어서

좋은 것이다.

그러므로 이 세상에는 좋은 삶도 나쁜 삶도 없다.

그것은 하나의 의견일 뿐이다.

의견은 중요하지 않다.

어떤 의견과도 상관없이 생명은 끝없이 태어난다.

태어난 생명은 반드시 죽게 되어 있다.

사는 것도, 죽는 것도,

모든 것은 그저 거대한 '과정' 속에 있을 뿐이다.

과정은 인간을 배려하지 않는다.

인간과 무관하게 진행된다.

그러므로 의견은 중요하지 않다."

그의 목소리를 타고 푸른 논 위로

몇천 년 동안 분 바람이 변함없이 불었다.

그 순간, 소름이 끼쳤고 깊은 감동을 받았다.

나는 한 인간이 택시 안에서 기대할 수 있는 것 중

가장 거대한 것과 조우하고 있음을 알았다.

여행하다 보면 치사한 계산과
감동의 순간을 번갈아 만나게 된다.
무엇이 남느냐?
당연히 감동의 순간이다.
위대한 한 명의 사람이 전해준 감동이
천 개의 덫에 걸렸던 잡스러운 상처를 지워버린다.
번번이, 그 효능이란 참으로 놀랍기만 하다.

일본 사진작가 다케자와 우루마는
세계여행을 마치고 이렇게 말했다.

"여행에서 배운 가장 중요한 것은 이거다.
너비는 땅이고 깊이는 사람들이라는 것."
나는 그 말을 이렇게 다듬어본다.

'천 명의 사람이 생각 없이 갈지자로 걷는다.
그 가운데 한 명이 혼신의 힘을 다해 똑바로 전진한다.
나머지 999명이 그의 걸음을 주목한다.
인간의 깊이는, 그 순간 생겨난다.'

아람 사리는
'경이로운 자연(Wonderful Nature)'이라는 뜻이다.

시간이란 무엇일까?

부암동으로 돌아온 뒤
비교적 활기차게 살아가고 있지만
불쑥,
지난 20년간 나를 관통해간 것들이,
무언가를 지키기 위해
희생할 수밖에 없었던 다른 무언가가
불쑥,
떠오르는 것을 막을 수는 없다.
그럴 때는 허리에서 힘이 쑥 빠진다.
무심히 집 안 청소를 하다가도
반으로 접힌 종이처럼 납작해진다.

생은 다만 시간의 피리였을까?
공기가 빠져나가는 동안
잠시 잠깐 노래를 하는?
슬프거나 기쁜 노래를?

허리가 접히고 납작해진다 싶으면
영화 〈공기인형〉의 배두나처럼
남은 부피를 마저 잃기 전,
서둘러 집을 빠져나온다.

걷는다.

걷는다.

또 걷는다.

다시 살아 있음의 감각을 얻는다.

다행히 산은 그대로다.

무엇이 자신을 관통해도

끄떡없이 두툼한 허리를 곧추세우고서.

다행히 동네도 그대로다.

서울에서 시간이 흘러도

아파트나 쇼핑몰이 끝내 들어서지 않는

동네에 산다는 건 축복이다.

집주인과 집 모양만 조금씩 바뀔 뿐이다.

보도블록이나 계단이 조금씩 정비될 뿐이다.

그런 동네에서라면 더더욱

걷는 일처럼 믿음직한 반려는 없다.

과거와 미래가 현재 내딛는 걸음 안에

제각각 정량으로 오롯이 머문다.

종이처럼 접힌 허리를 도로 펴주고

반드시 부피를 회복시킨다.

익숙한 동반자들은 떠났다.

새로운 친구들이 나의 부암동 집을 찾는다.
그들과 나는 만두를 빚듯 섬세히 삶을 빚으며
서로의 부피 속으로
살진 내용물들을 채워 넣을 것이다.

삶이 계속되는 한,
우리는 만나서 채워 넣고 이별하며 비우고
…를 반복할 것이다.

⌂
시간은 모두에게 확실하고도 확실한,
절대 예외 없는 로드맵을 제시한다.

생,
로,
병,
사.

그럼에도 우리는 이 로드맵을
매일의 욕망에 파묻혀 가볍게 간과한다.
(로드맵을 벗어날 예외를 찾아 꾀를 부린다.)

세계를 백 바퀴 돌고

아이를 열 명 낳고
부암동에 백 번 되돌아오고
마당의 흙 알갱이를 다 셀 만큼
시간이 주어진다 해도
나는 결코 원형의 시간을,
그 전모를 파악하지 못할 것이다.

다만 내게 주어진 시간 속에서
내가 할 수 있는 것,
그래서 할 것을
열 겹의 망각 뒤에 간신히 한 겹 깨달을 뿐.

걸을 수 있는 날까지 걷겠지.
걷고 있으니 계속 만나겠지.
만나서 채운 것을
망각에 대한 저항처럼 다시 쓰겠지.

가장 확실한 시간의 로드맵을 따라
물방울처럼
사라지겠지.

아름다움에서
추락할 때

이미 아름다운 곳에 당도한 사람이
다시 아름다운 곳에 당도할 것을 믿으며
아름다운 곳을 떠나는 일
그것은 계급이 사라진 시대에 단연 귀족적인 일이다.

집을 짓는다.
공을 들인다.
꿈을 꾼다.

집을 완성한다.
공이 보상받는다.
꿈같은 시간을 보낸다.

내 맘에 '딱' 드니
이 집이 세상에서 제일 좋은 집이다.

계절이 바뀐다.
폭우가 내린다.
비가 샌다!

새집인데!

무려 세숫대야와 빈 깡통이 등장한다.
집 안에서 빗물 떨어지는 소리를 듣는다.
자면서도 듣고 밥 먹으면서도 듣는다.
비가 그쳐도 집 안에는 계속 비가 내린다.

실망한다.
분노한다.

집을 지은 이들에게
평가와 불신의 말이 오간다.

수리에 들어간다.
앞으로 이 집은 다시 꿈같은 시간을 제공할 것인가?
나는 전처럼 이 집을 좋아할 수 있을 것인가?
(글을 쓰는 이 순간, 아래층에서는 보수 작업이 한창이다.)

⌂
아름다움의 꼭대기에서 추락해본 경험,
많다.

관계에서라면, 결혼이 그중 왕중왕.
신혼의 단꿈에서 우리는 금방 추락한다.
실망과 분노, 평가와 불신을 맹렬히 주고받는다.

장소에서라면, 여행이 그중 왕중왕.
오전까지 머물렀던 완벽한 숙소에서
오후에는 먼지투성이 숙소로 추락한다.
역시 실망과 분노,
평가과 불신의 단계를 피할 수 없다.

추락의 거지 같은 기분에서 벗어나

다시 나를 실망하게 한 배우자를, 장소를,
집을 좋아할 수 있을까?
전처럼 환장하게 좋아할 수 있을까?

그러려면 꼭 필요한 것이 있다.
꼭 거쳐야만 하는 과정이.

〜

마리안스케 라즈네(Mariánské Lázně).

이 이름을 처음 들었을 때
내가 연상한 단어들은 엉뚱하게도
'마리아 릴케 라네즈'였다.
시인과 화장품 이름이 연상된 것이
이상하지 않을 만큼,
실제로 마리안스케 라즈네는 아름다운 곳이다.
체코의 프라하(Praha)에서 기차로 두 시간 반,
침엽수와 꽃나무로 빽빽하게 에워싸인
이 온천 휴양지는 우아한 파스텔 톤 호텔과 공원을
가슴에 품고 있다.

프라하가 역사의 뜨거운 용광로였다면,
마리안스케 라즈네는 역사의 소용돌이로부터

한 발짝 비켜나 쉬고자 하는 이들이 찾았던 곳이다.

하지만 쇼팽, 니체, 말러, 슈트라우스, 프로이트 같은

'역사 속 주인공들'이 온천수를 찾아

잦은 발걸음을 하다 보니,

결국 이곳도 역사의 한 페이지 속에

이름을 남기게 되었다.

일흔두 살 괴테가

열일곱 살 꽃다운 소녀 울리케를 만나

언감생심 사랑에 빠진 곳도 이곳이었고,

프로이트가 오솔길을 거닐며

정신세계를 탐구한 곳도 이곳이었다.

지금도 마리안스케 라즈네에 가면 이들의 흔적이

미술관이나 도서관으로 탈바꿈되어 남아 있다.

그러므로 세상에서 가장 아름다운 도시 중 하나인

프라하에 갈 이유가 뚜렷했던 것만큼이나,

내겐 마리안스케 라즈네에 갈 이유도 뚜렷했다.

하지만 프라하,

그 매력적인 도시를 떠나는데 미련이 없을 수가.

게다가 프라하에서 내가 머물렀던 숙소는 엄청났다.

프라하에서 가장 오래된 수도원이었는데

풍성한 유기농 조식, 수백 년 된 나무 계단,
미술관과 산책로까지
착하기도 착한 4만 원대에 모조리 제공되었다.

🐦

프라하를 떠나는 날,
나는 11시, 즉 체크아웃 시간을 끝까지 채우고서
끈덕지게 수도원에 들러붙는 미련을 떨치고
간신히 길을 나섰다.

마리안스케 라즈네로 가는 기차는
프라하 중앙역에 있었다.
먼저 중앙역으로 향하는 트램을 잡아탔다.
창밖의 가로수들은 일제히
팝콘처럼 올망졸망한 흰 꽃들을 터트렸다.
새봄은 아직 차가운 그늘을 곳곳에 드리웠지만,
긴 겨울이 끝나기를 목 빠지게 기다렸던 시민들은
일찌감치 핫팬츠와 반팔을 입고
재빠르게 그늘을 건너
햇빛 속으로,
햇빛 속으로,
이끌리듯 빨려 들어갔다.

트램을 내려서부터는 프라하 중앙역까지
캐리어를 끌고 공원을 가로질러야 했다.
역을 향하는 행렬의 바쁜 걸음은
벤치에 드러누운 취객들과 대조를 이뤘다.
두서없이 공원을 뛰어다니는 아이들 사이로
아지랑이가,
꽃향기가,
푸드 트럭의 케밥 냄새가 피어올랐다.
먼지가 흰 운동화를 덮고 등에서는 땀이 나기 시작했다.

그제야 수도원의 고요와 정결함이 아득해졌다.
마리안스케 라즈네,
그곳은 어쩌면 더 아름답겠지.

이미 아름다운 곳에 당도한 사람이
다시 아름다운 곳에 당도할 것을 믿으며
아름다운 곳을 떠나는 일.
그것은 계급이 사라진 시대에 단연 귀족적인 일이다.

빼어난 셰프의 음식을 맛본 뒤 배가 꺼지기도 전에
또 다른 유명 셰프의 음식을 기다리는 일처럼.
오전에 박보검을 불러들여 뺨을 쓰다듬고
오후에 유시민을 불러들여 토론하는 일처럼.
그 옛날 귀족에게나 가능했던 체험을

오늘날 평범한 사람에게 여행이 허락한다.
오전의 프라하에서 오후의 마리안스케 라즈네로.
비록 이 '가짜 귀족'은 흙투성이 운동화를 신고
직접 캐리어를 끌어야 하지만.

맹점은 바로 그것일 것이다.
이 가짜 귀족에게는 시종의 보살핌이 없다는 것.
그래서 언제라도 럭셔리함에서 벗어나
시궁창에 빠질 위험이 도사린다는 것.

그날 내가 그랬다.

시종이 나 대신 여행 준비를 해놓는 일은 없으니,
와이파이가 터지는 기차 객실 안에서 광속도로
마리안스케 라즈네에 가서 그날 할 일을
검색하고 있었다.
(나는 언제나 현재를 즐기느라 미래를 대비하는 데 뒤늦다!)

그러다 불현듯, '여기가 어디지?' 고개를 들었을 때
마침 체코어 안내 방송이 귀에 쏙 들어왔다.

"…마리안스케 라즈네입니다."

헐레벌떡 가방을 챙겨 뛰어내렸다.

기차는 아주 짧은 정차 뒤에 출발했다.

노후한 역사였다. 역사에는 나 말고

타는 사람도 내리는 사람도 없었다.

뭔가 잘못되었다.

유명 휴양지 역사가 왜 이리 후졌나?

왜 플랫폼에 나 혼자뿐일까?

역명이 틀림없는 저 표지판에는 왜

플라나(Plana)라고 쓰여 있나?

그러니까 추측건대, 내가 들은 건

"이번 역은 플라나입니다.

다음 역은 마리안스케 라즈네입니다."

…의 뒷부분뿐이었던 것이다.

🕊

자괴감과 함께 빠른 포기가 찾아왔다.

처음도 아니다, 나의 이런 멍청함이란.

툭하면 잘못 타고 툭하면 잘못 내린다.

멍청함으로만 견주자면 나는 진정한 귀족일 것이다.

왜 있잖은가, 귀족 중에서도

혈통의 우월함을 유지하기 위해

대대로 근친끼리만 맺었다가,

도리어 열등해져버린 DNA의 말단 배합.

(잠시 저의 자학을 좀 놓아두세요.

실수로 하루를 날려 먹게 된 여행자의 필수 코스입니다.)

열등한 귀족은 눈치마저 없어서

때마침 오줌이 몹시 마려웠다.

체코 교통 앱 '이도스'에 따르면

한 시간 뒤에 다음 기차가 있었다.

역사에는 아무런 편의 시설도 없었다.

손바닥만 한 매표소에

역무원이 딱 한 명 앉아 있었다.

카페가 근처에 있느냐고 물으니,

영어가 부담스러운 듯 휙 손을 들어 정면을 가리킨다.

그래 뭐 역 앞이라면 약간의 상권이 있겠지.

상권이 있으면 사람과 볼거리도 있겠지.

혹시 알아?

여행 중 실수로 생겨난 여백은

종종 뜻밖의 드라마로 채워지기도 하니.

역사의 문을 밀자

오후 2시 50분, 양동이로 퍼붓듯 직사광선이 쏟아졌다.

밖에는 아무도 없다.

낡은 건물 두 채가 역사 앞에 있고
그 사이 공터에는 잡풀만 무성하다.
고개를 돌려 주변을 살피자,
왼편에 커다란 공장 굴뚝이 우뚝 솟아 있다.
진정, 그뿐이었다.
훗날 '그날 기차에서 잘못 내리길 잘했어'라고
회상할 만한 반전 드라마의 가능성은
눈곱만큼도 보이지 않았다.
나무라듯 중얼거린다.

"나잇살 먹었으면 이제 제발 세상의 통계를 믿어라.
아무도 기차에서 내리지 않고 지나칠 때는
다 그만한 이유가 있지 않겠니?"

그럼 역무원이 말한 카페는 어디?
나는 흔히 '카페'라고 할 때 떠올리는
전형적인 이미지를 눈으로 더듬고 있는 것이
문제라는 것을 알았다.
다시 카페 같지 않은 카페를 찾아 더듬으니,
그런 게 하나 있었다.
창고 같은 단층 건물 앞으로 차양이 드리워 있었고
그 아래에서 흐릿하게 음악이 흘러나왔다.
다행이다.
카페 같지 않은 카페에도 화장실은 있으리.

드르륵드르륵 드르륵,

조용한 마을에 제법 요란한 마찰음을 내며

그쪽으로 캐리어를 끌었다.

일요일 오후,

차양 그늘에는 몇몇 노인들만이 테이블을 차지했다.

세계 제일의 맥주 부심을 지닌 국민답게

모두 높은 유리잔을 맥주로 채워놓고 있었다.

일제히, 노골적으로, 나를 주목했다.

저 작은 역사에서 조그만 동양 여자가 불쑥 나타나

커다란 캐리어를 끌고 이 카페로 돌진하는 모습을,

여기 앉아 보낸 수많은 일요일들 가운데

그들은 몇 번이나 보았을까.

내가 굳이 자기소개를 하지 않아도

누군가는 감 잡았을 것이다.

"새로운 멍청이가 도착했군.

온천물에 발을 담그기 직전에 뛰어내리다니."

가장자리에서 혼술 하던 할아버지의 개가

벌떡 일어나더니 나를 향해 짖기 시작했다.

소리를 성대가 아닌 전신으로 만들어내는 개였다.

짖을 때마다 온몸이 바이브레이터처럼 진동했고

동그란 갈색 점들이 파문을 일으켰다.

할아버지는 점박이가 나를 향해
실컷 짖도록 내버려둔 뒤에야,
목줄을 당기는 일이야말로
세상에서 가장 성가신 일이란 듯
목줄을 당겼다.
참… 호의적인 동네로군.

테이블에 자리를 잡자,
공장 굴뚝이 떡하니 시야를 채웠다.
이렇게 흉측한 테라스 뷰가 있나.
나는 불과 서너 시간 만에,
카메라를 들이대기만 하면 그림이 되는,
그래서 내돈내산 '숙박'을 '초대'라고까지
여기게 했던 완벽한 수도원에서
아무리 눈을 씻고 봐도
카메라를 들이댈 구석이라곤
없는 곳에 불시착했다.

비교는 항상 인간을 불행하게 한다.
카메라를 가방 안에 넣어버렸다.
선글라스를 꺼내 시야를 덮었다.
사람들이 서서히 내게서 시선을 거두었다.
사방에서 담배 연기가 날아들었다.
가방을 그대로 두고 일어섰다.

주문도 오줌도 처리해야만 했다.

카페 실내는 어두운 정도가 아니라 깜깜했다.
안쪽 카운터만,
흡사 성자가 탄생한 안데스 동굴 속 기도처럼,
크리스마스 알전구로 둥글게 둘러싸여
촌스럽게 반짝거렸다.
바닥, 벽, 소파 할 것 없이
담배 냄새가 기름때처럼 눌어붙어 있었다.
빤한 멜로디로 감성을 쥐어짜는 음악이
귀를 파고들었다.
시각에 이어, 후각에 이어, 청각까지,
감각은 고통의 삼국통일을 이뤘다.
오전까지만 해도 나는
럭셔리 감각에 에워싸인 귀족이었는데!

카운터에 놓인 메뉴판을 펼치니 체코어였다.
손짓으로 음식이 있는가를 물었다.
갈색 머리를 질끈 묶은 여인이
술과 음료뿐이라는 손짓을 한다.
알전구의 후광을 받은 그녀의 뺨은
시시각각 얼룩덜룩 변색했다.

나는 술을 마시면 아무리 적은 양이라도 반드시 잔다.

두 번씩이나 기차에서 잘못 내릴 수는 없지.

냉장고 안의 세븐업을 가리켰다.

여인이 쾅, 소리 나게 내 앞에 병을 내려놓았다.

프라하에서도 웨이터와 웨이트리스들은

〈난타〉의 출연진 수준으로

잔과 접시를 쾅쾅 내려놓곤 했다.

우리나라 시골 할머니들이

"처먹고 뒈지든지!" 저주하며

마당의 개에게 밥을 던져줄 때와 똑같이.

아름다운 프라하와 닮은 데라곤 없는 동네에서,

드디어 불행한 공통점 하나를 찾아냈구면.

화장실 문을 민다.

생각보다 크다.

텅 비어 있다.

지린내가 은은하다.

체코인들은 굉장히 청결한 편.

그러므로 이곳은

여러모로 '불시착' 지대임에 틀림없다.

얼마나 오랫동안 휴지통을 비우지 않았는지,

석유 드럼통만큼 큰 휴지통을 가져다 놓았음에도

휴지가 탑처럼 쌓이다 못해

밖으로 무너져 내리고 있었다.

휴지통의 휴지가
세면대보다 높이 솟아올라온 곳은 처음이다.
누구나 아름다울 수는 없어도
누구나 청결할 수는 있다.
이곳에서 음식을 제공하지 않는다는 사실이
새삼 자선에 가깝게 느껴진다.
아무리 더러워도 달리 갈 데가 없어 오고야 마는
동네 사람들을 위한.

칸막이 문을 잠그고,
평소 더러운 화장실에서 하는 대로 기마 자세를 취했다.
상체를 숙이고 엉덩이를 드는 이 자세에서는
자연스럽게 내 오줌 줄기를 보게 된다.
오래 억눌렸던 줄기가 거나하게 방출되었다.
화장실 안에도 음악이 울려 퍼졌다.

유 아 뷰티풀, 유 아 뷰티풀, 유 아 뷰티풀….

오줌 줄기는 여느 때보다 길었다.
너는 아름다워, 너는 아름답고 또 아름다워.
가사를 들으며 나는 하릴없이 오줌을 바라보았다.
엉뚱한 곳에 내려 오줌이나 보고 있는 내게
'너는 아름다워, 아름답고 또 아름다워'라는 말은
솔직히 좀 위로가 되긴 했다.

오줌이 빠져나갈수록 몸이 안정되어갔다.
배설할 곳을 찾아 헤맬 때, 마침내 배설할 때,
인간의 고매하거나 유별난 욕망은 모두 사라진다.
가장 낮은 수준의,
그러나 그것 자체로 충일한 만족감이
잔잔하게 온몸으로 퍼져나간다.

욕망의 DMZ, 또는
(현명하신 옛 조상님들이 작명한 그대로) 해우소.
그것은 하루에도 여러 번씩
정상적인 배설이 데려다놓는 특별한 장소이다.
나는 창문에 흘러내리는 빗물을 바라보듯,
조약돌 위를 흐르는 시냇물을 바라보듯,
변기로 떨어지는 액체의 흐름을 바라보았다.

유 아 뷰티풀, 유 아 뷰티풀….
노랫말이 재차 나를 위로했다.

감각은 설득되는 법이 없다.
대신 동화된다.
동화의 방식은 매우 동물적이다.
낯선 곳에 당도한 암사자가 잔뜩 경계하다가
온전히 영역 표시를 하고 나서야
안정적으로 주변을 돌아보듯,

나는 주변을 돌아보았다.

세계 어디를 가나 엇비슷한,

작은 마을의,

카페의,

화장실이었다.

산은 산이요,

물은 물이듯이,

애초에 더 나은 것을 기대하고 있지 않았다면,

처음부터 작은 마을의,

카페의,

화장실이었을 것이다.

✢

자연과 조화로운 삶을 살던 시절,

인간은 자신의 배설물을

재생에 기여하는 신성한 것으로 간주했다.

인간이 배설물을 기피하고 격리하기 시작한 시점과

인간이 자연의 거만한 주인 행세를 시작한 시점은

일치한다.

그러니 보라.

나의 배설물을,

배설하는 나를.

피식, 웃음이 났다.

단도직입적으로 내게 물었다.

넌 뭐가 그렇게 잘났는데?
얼마나 잘나서 그렇게 불만에 가득 찼는데?

시각과 후각과 청각의 고통스러운 삼국통일이,
화장실의 기마 여신을 만나
평화로운 삼위일체로 전이되었다.

나는 이삿짐 보따리를 싸듯 프라하와,
특히 수도원과,
화장품 이름을 닮은 마리안스케 라즈네를
배회하던 심장을 거둬들였다.
담배와 맥주, 무료한 노인으로 가득한
플라나의 식당으로 이동했다.
이번엔 불시착이 아닌, 정식 착륙이었다.

화장실을 나서면서
선글라스를 도로 힙색에 집어넣었다.
카메라도 다시 꺼내 들었다.
찍을 게 없는 곳은 세상 어디에도 없어.
찍을 걸 발견하지 못하는 마음이 있을 뿐.

점박이는 이제 나를 향해 짖지 않았다.

테이블에 앉아 세븐업을 유리잔에 따랐다.

눈앞의 공장, 굴뚝,

테라스의 사람들을 바라보았다.

가장 큰 테이블에는 대가족인 듯

다양한 연령대의 사람들이 맥주를 마시고 있었다.

손자쯤으로 보이는 청소년이 제 몫의 맥주 없이도

온순한 얼굴로 할아버지의 이야기를 듣고 있었다.

다른 테이블의 노인들은 묵묵히 맥주를 비웠다.

느리지도 빠르지도 않은 속도로.

그러면 갈색 머리 여인이 빈 잔을 가져가

생맥주로 채워 내왔다.

느리지도 빠르지도 않은 속도로.

얼마 뒤, 파란 폴로셔츠에

파란 버뮤다팬츠를 입은 젊은 남자가

활기찬 걸음걸이로 등장했다. (꽤 잘생겼다!)

그는 모두와 눈인사를 나눴다.

동시에, 예의 점박이가 미친 듯이 절규했다.

분명히 말하지만,

짖는 게 아니라 절규였다.

온몸을 뒤집으며, 바닥에 비비며,

젊은 남자를 향해 그야말로 울부짖었다.

노인은 잠시 맡아주었을 뿐

그가 주인이었던 것이다.

주인을 맞이하는 개의 격한 곡소리와
통제 불능의 전신 발작에
모두가 웃음을 터뜨렸다.

남자는 개를 진정시키기 위해
주둥이를 몇 번 움켜쥐었다.
손바닥으로 개의 얼굴을 꾹꾹 누르며 쓰다듬었다.
그제야 개가 자신의 네 다리를
간신히 추스를 정도로 진정되었다.

남자가 목줄을 잡자 점박이가 총알같이 일어나
차양 밖으로 뛰쳐나갔다.
차도를 건너자마자 남자가 목줄을 풀어주었다.
점박이는 수풀 속으로 뛰어들었다.
그러면서 또 환희의 곡소리를 냈다.
다시 일제히 웃었다.
사람이었다면 성악가가 되었을 것이 분명한 개다.

시야에서 사라졌건만 한동안
점박이의 절규가 먼 곳의 메아리처럼 들려왔다.
뒤로 갈수록 절규는 오르가슴에 다다른 듯했다.
나는 짐짓 확신 어린 짐작을 한다.

'녀석도 오줌이 마려웠던 거야.

그래서 주인을 더 반겼던 거고.
지금 세찬 오줌 줄기를 내보내고 있는 거지.'
녀석의 메아리가 사라질 때까지
카페의 사람들은 계속 남은 웃음을 흘려보냈다.

차가 몇 대 지나갔다.
감성을 쥐어짜는 팝송이 몇 곡 더 나왔다.
음악 소리뿐
고요해졌다.

사람들은 여전히 맥주를 마셨다.
플라나의 속도로.
한 테이블에서 담배 연기가 사라졌다 싶으면
다른 테이블에서 새로운 담배 연기가 날아들었다.
플라나의 리듬으로.

담배와 담배 사이,
잔이 비고 채워지는 사이,
빤한 멜로디가 다시 빤하게 연결되는 사이,
나도 담배를 꺼내 리듬을 맞췄다.
함께 연기를 뿜었다.
공장 굴뚝 뒤에는 새파란 하늘이 펼쳐져 있었다.

썩 괜찮은 오후였다.

다시, 앞의 이야기로 돌아가보자.

아름다움의 꼭대기에서 추락할 때,

그 거지 같은 기분에서 벗어나

다시 나를 실망하게 한 배우자를, 장소를,

비가 새는 집을 좋아하게 되려면,

무엇이 필요할까?

어떤 과정을 거쳐야 하나?

겸허히 기회를 다시 주는 것,

처음인 듯 시간과 공을 들이는 것,

새로이 좋은 추억을 쌓아가는 것.

이것 외에 나는 다른 답을 알지 못한다.

(글을 다 쓴 이 순간, 아래층에서는 보수 작업이 끝났다.)

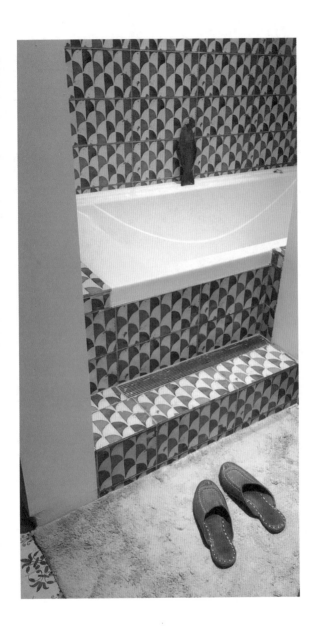

일탈에
관하여

그냥,
만끽하기.
어쩌다 한번
엉터리 목적지를 향해.

한여름 밤,

침실 창을 열어두면

북악산에서 선선한 바람이 내려와

기분 좋게 침대에 닿는다.

산비둘기 소리도 청량하게 홑이불을 파고든다.

하지만 금요일 밤이면 작은 동네가

오토바이 소리로 소란스러워지곤 한다.

부암동에서 연결되는

북악 스카이웨이를 달리러

바이커들이 집결한 것이다.

동남아시아를 좋아하는 나는

한국에서 다소 변태적인 방식으로

오토바이에 매혹된다.

오토바이가 '우다다다' 곁을 지날 때,

결코 상쾌하다 할 수 없는 그 소리에,

속 뒤집히는 그 냄새에,

급소를 가격당한 사람처럼 걸음을 멈춘다.

훅, 향수에 잠긴다.

오토바이가 가득한 동남아시아의

거리, 거리들에서 보냈던

수많은 추억 속으로.

그러므로 나를 유혹하는 것은
할리데이비슨급의 크고 화려한 오토바이가 아니다.
스쿠터급 작은 오토바이들이다.
소박한 체구의 남자가 헐렁한 반바지에
슬리퍼를 신고 운전 중이거나
아가씨가 긴 치맛자락을 부풀리며
속도를 내는 중인.

그들이 곁을 지날 때면
"저도 좀 태워주세요!"
얼른 뒷자리에 올라타고 싶어진다.
"잠깐만 빌려 갈게요!"
근처에 세워진 아무 오토바이나 몰고
뒤따라 달리고 싶어진다.
긴 머리를 하늘로 휘날리며.

긴 머리가 하늘로 솟구쳐 휘날리면
개가 기쁠 때 꼬리를 높이 흔드는
기분을 알 수 있다.
고양이가 담벼락 위에서
꼬리를 높이 세워 중심을 잡는 법도.

피부든 오장육부든 점점 처져만 가는 중년,
나는 퇴화된 꼬리 대신 긴 머리를 높이며

'기분 모드'의 중심을 잡는 것이다.
그러려고 오토바이와 긴 머리를
꾸준히 생활 속에 들여놓고 고이 유지한다.

~

그날 나는 우붓에 새로 생긴 한식당,
'클라우드 나인'을 찾아가는 중이었다.

매우 간단한 약도 하나를 그려
폰에 저장해둔 상태였는데
우붓의 길은 워낙 단순해서
그것만으로도 대략적인 위치를 가늠할 수 있었다.

다만 간판이 문제였다.
늘 조금은 겸손하게 길 안쪽으로 들어가 있거나
숨기듯 작게 써놓은 우붓 특유의 간판들.
이번에도 오토바이로 달리며
간판을 놓치지 않을까 걱정되었다.

예상처럼, 정확히 여기쯤 있겠지 하는 지점에서
간판을 발견하지 못했다.
지나친 것이 분명하다.
오토바이를 세웠다.

아주 조그만 주유소 앞이었다.
실험실의 플라스크를 세 개 뒤집어놓은 것 같은
소형 주유기가 전부인 주유소.
주유소 주인은 클라우드 나인을 모른다고 했다.
주유 중이던 오토바이에 탄 남자가 안다고 했다.
데려다주겠다며 따라오라고 했다.
그가 앞서 달리고 나는 따라 달렸다.
삼거리에서 우회전하며 그가 물었다.

"클라우드 나인이 빌라죠?"

"아뇨, 식당이요."

"빌라면 맞아요."

우리 기준으로는 모든 일 처리가 맵지 못한
발리인들 사이에서 이런 대화는 종종 있었다.
그가 나를 엉뚱한 곳으로 데려다주리란 걸 알았다.
말을 마치자마자 그가 앞서 달리기 시작했다.

두두두둥 모터 소리에, 더구나 오르막길이었기에
'아무래도 당신이 말하는 그곳은 내가 찾는 곳이
아닌 것 같다'고 그에게 전달하려면
괴성을 질러도 닿지 않을 판이었다.

길은 산으로 접어들었다.

올라갔다가 내려갔다.

내려갔다가 올라갔다.

굽이굽이 돌았다.

돌고 또 돌았다.

사이드미러는 있으나 마나 한 사각지대의 연속.

내가 그의 오토바이 타는 솜씨를

따라잡을 수는 없었다.

결국 혼자 슬그머니 오토바이를 돌려버리거나,

그를 열심히 따라가거나, 둘 중 하나였다.

그를 따라가기로 했다.

그는 산속으로 점점 더 깊이 들어가고 있었고

길이 깊어질수록

그의 친절의 크기도 커지는 중이었으니.

이 '빌라' 클라우드 나인은 몹시 좋은 산세에 위치한

고급 리조트이거나 부자의 저택인 것이 분명했는데

그것을 구경한 뒤에 한식을 먹는 것도

나쁘지 않을 것 같았다.

요컨대, 그 순간이 내게 제안한 옵션은 두 가지였다.

조금 일찍 김치찌개를 먹는 것과

친절한 사람 뒤를 따라 산길을 달린 뒤에

김치찌개를 먹는 것.

후자가 훨씬 근사해 보이는 옵션이었다.

나는 멋진 소년 뒤를 따라 걷는 소녀처럼

시간 같은 건 잊고 그를 따랐다.

그냥,

만끽하기.

어쩌다 한번

엉터리 목적지를 향해.

숲은 더 촉촉해지고 깊어졌다.

달콤한 샘물을 들이마시듯

숲의 공기를 꿀꺽꿀꺽 마시며 달렸다.

그가 오토바이를 세웠다.

나도 뒤따라 세웠다.

예상처럼 그가 이끈 클라우드 나인은

숲의 장엄한 부지를 차지한 부잣집 빌라였다.

내가 주유소에서 보여주었어야 했을

지도를 뒤늦게 꺼내 들었다.

그는 머쓱해했다.

나는 감사를 표했다.

그가 내게 '진짜' 클라우드 나인의

위치를 설명해주었다.

"아까 우회전한 삼거리에서 직진이었네요."

웃으며 헤어졌다.
길을 한참 되짚어 나왔다.
삼거리에서 직진했다.
이번에도 그는 틀렸다.
직진이 아니라 후진을 해야 했다.
나 역시 그렇게 짐작하고 있었다.
그래도 그렇게 했다.
그러고 싶은 날이었다.
내친김에 바보처럼
내친김에 소년의 향기에 취한 소녀처럼
아니면 말고.

그러니까,
어쩌다 하루는
허튼짓만으로.

조금 더 달렸다.
짙어진 허기를 깨닫고 오토바이를 돌렸다.
원래 짐작했던 위치,
아까 지나쳤던 즈음으로 되돌아가
간판을 하나하나 더듬었다.
예상처럼, 내가 찾던 클라우드 나인은

간판이 안으로 쏙 들어가 있었다.

식당까지,
오토바이를 되돌려 목적을 가지고 달린
마지막 구간은 재미있지도 달콤하지도 않았다.
대신 김치찌개가 있었다.
실은 늘 그러고 살았다.

김치찌개를 위해,
김치찌개처럼.

꿈

내가 우붓을 좋아하는 이유 중 하나는
일탈이 굉장히 쉽기 때문이다.
조금만 길을 벗어나면
전혀 다른 논두렁과 숲을 만날 수 있다.
조금만 마음을 달리 먹으면
전혀 다른 방식으로 순간을 보존해낼 수 있다.

일탈의 감행이 어렵지 않은 곳에 있으면
오늘 일탈하지 않아도
내일 일탈할 수 있다는 생각에 든든하다.
노동으로만 꽉 채운 하루도 그다지 절망적이지 않다.

용기를 내지 못하는 나 자신일지라도
아주 조금만 미워하면 된다.

나이가 들면 일탈하는 방법을 곧잘 잊어버린다.
애써 쌓아놓은 일상의 질서를 무너뜨리는 것이 두렵고
되돌아왔을 때 다시 쌓을 체력도 달린다.
생에 지분이 생길수록 우리는
그 알량한 지분을 엄호하려 발버둥 친다.

그런데, 감히 일탈이라니?

일탈하지 않는 '어른'은
조용히 병든다.

알면서,
그걸 잘 알면서,
쉬운 일탈도 하지 못한다.

이를테면,
비가 오는 날 비 맞으며 돌아다니기.
그렇게 쉬운 것도.
우붓에서는 그렇게 쉬웠던 것도.

그날 나는 오토바이를 타고
몽키 포레스트 거리를 달리고 있었다.
비가 부슬부슬 내리기 시작했다.
올려다보니 먹구름이 심상치 않았다.
내려서 안장 아래 대비해둔 우비를 꺼내 입었다.
딱 맞춰 비가 쏟아진다.

와르르륵 두두두둑
우비 위로 온몸을 노크해대는 빗방울들.

비야, 더 내려라!

맨 처음, 우붓에서
진짜 우붓인(Ubudian)으로 사는 외국인은
오토바이를 타고 다니는 사람들이라고 생각했다.

하지만 오토바이를 배우기도 대여하기도
얼마나 쉬운지 알게 된 후로는
우비를 입고 오토바이를 타는 외국인이야말로
진짜 우붓인으로 사는 외국인이라고 생각하게 되었다.
우비 정도는 상비하고 다녀야,
그만큼 다양한 경우의 수에 대책이 있어야,
우붓에서 좀 살아봤다고 할 만하지 않겠나.

나는 2000원짜리 비닐 우비를 입었을 뿐인데
풍경에 제대로 녹아들었다는 혼자만의 자긍심으로
흡족한 미소를 지으며 달렸다.

얼마 지나지 않아 기름이 떨어졌다.
깜빡이를 켜고 주유소로 들어갔다.
조그만 연료 통을 채우는 데 걸리는 시간은
단 10초.

그런데, 이런.
지갑이 백팩 안에 들었다.
우비를 벗고 백팩도 벗고 지갑을 꺼내야 한다.
2000원짜리 우비는
거대한 프리사이즈 후드티처럼 생겼다.
우비를 벗으려면 후드티를 벗을 때와 똑같이
팔부터 빼고 머리를 빼내야 한다.

우비를 위로 들어 올린다.
품이 너무 커서 허우적댄다.
주유를 마친 청년이 머뭇머뭇 다가온다.
망설이는 손길로 내가 벗는 걸 도와준다.
그럴 필요가 없다는 걸 잘 알면서도
보수적인 문화에서 성장한 두 아시아 남녀는
초면에 옷을 벗고 벗겨주는 행위를

어색해하면서 해내고 있었다.

우비를 벗고

백팩을 벗고

지갑을 꺼내고

백팩을 다시 메고

우비를 다시 입는다.

머리부터… 잠깐,

팔 넣는 구멍은 대체 어디에?

프리사이즈 싸구려 우비의 거대한 품이란!

또 허우적댄다.

청년이 왼팔을 찾아준다.

오른팔은 내가 찾아야지.

청년이 다시 오른팔을 찾아준다.

처음이었다.

어렸을 때 이래로 낯선 이가

내가 옷을 벗고 입는 것을 도와준 것은.

무언가 찌르르 아련하고

순수하게 고마운 마음이 든다.

우비를 간신히 도로 갖춰 입었을 때

나는 그를 가볍게 안아주었다.

"땡큐 쏘 머치!"

그가 수줍게 웃는다.

꒰ঌ

와르르륵 두두두둑
우비 위로
헬멧 위로
다시 비가 쏟아진다.

클래식 헬멧은 언제나 귀를 누른다.
그러면 소리는 아련해진다.
얼굴을 덮은 투명 실드에 빗방울이 맺힌다.
그러면 시야도 조금쯤 아련해진다.

시각과 청각이 제 기능을 덜하면
시간 여행은 아주 손쉬워진다.

도로변 어느 골목에서
작은 아이가 튀어나와 인도를 달린다.
그 아이 곁을 달리며
나도 작은 아이가 된다.

나는 손끝이 야무지지 못해서
두꺼운 코트의 단추를 채우는 것이 어려웠다.
스타킹을 주름 없이 올리는 것도 어려웠다.
아침마다 엄마는 분명 주방에 있었는데
내가 현관을 빠져나가려고만 하면
수문장처럼 나타나
"어이쿠, 이것 봐!"
큰일 난 듯 내 단추와 스타킹을 마무리해주었다.

어이쿠, 그것은 사랑과 관심의 소리였다.
엄마가 어이쿠 할 때마다 나는
내가 불완전하고 어린 존재라는 것이 좋았다.

불완전하고 어린 나는 심심할 때면
(지금 이 헬멧처럼) 귀를 눌렀다.
온 힘으로 꽉 누르면
하나도 소리가 들리지 않는다는 것을,
귀를 조금씩 열면 소리가 살살 흘러든다는 것을,
그건 꼭 바람과 함께 흘러든다는 것을
경이롭게 알아차렸다.

심심하면 눈도 눌렀다.
눈을 감고 꽉 누르면
하나도 보이지 않는다는 것을,

그런데 더 꽉 누르면
심해의 발광 물고기들처럼
여러 빛깔 점과 선들이
어둠 속을 떠다닌다는 것을,
눈꺼풀을 조금씩 열면
흐릿했다 천천히 또렷해진다는 것을,
모래놀이를 할 때 길을 내고 물을 부을 때처럼
정확히 열린 곳으로 빛이 졸졸 스며든다는 것을,
질리지도 않고 실험했다.

와르르륵 두두두둑
빗물이 몸의 구석구석을 빠짐없이 두드린다.

또 다른 아이가 우산을 들고 인도로 튀어나온다.
저 아이도 심심할 때면 귀를 막고 눈을 누르며
자신의 몸을 느낄 것이다.
몸을 느끼고 의식을 파악하며
어른이 될 것이다.

막상 어른이 되고 나서는
몸을 잊고 의식의 혼돈에 휩쓸리며
세상의 파고를 거닐 것이다.

종종 누군가 '어이쿠' 소리를 내며 내게 다가와
마지막 단추를 여며주었으면, 기다렸다.
기다림은 나를 더 흠뻑 비에 젖게 할 뿐이었다.

결국 내가 여몄다.
울면서 여미고
웃으면서 여몄다.

뿐인가.

아이의 옷을 여며주었고
남편의 옷을 여며주었다.
이제, 때때로 늙은 아빠의 옷도 여며드린다.

울면서 여며드리고
웃으면서 여며드린다.

여미는 일상이 나를 지치게 하면
있는 힘껏 일탈의 틈을 찢어 벌린다.
신생아처럼 본능적인 악력으로
벌어진 틈을 붙잡는다.
살겠다고 빠져나간다.
나가서 오토바이를 탄다.
고양이처럼 담벼락을 걷는다.

개처럼 꼬리를 높이 흔든다.

우연히 낯선 나라의 낯선 남자가
스콜 아래서 옷을 벗기게 내버려둔다.
그의 손길로 시간 여행을 하고
내가 받은 것들을 다시 기억할 때까지.
기억이 다시 살아갈 힘이 될 때까지.

~

와르르륵 두두두둑
똑같이 우비를 입은 바이커들이
내 곁을 스쳐 달린다.
스콜이 일상인 이들에게
스콜은 그저 작은 쉼.
중년 남자가 처마 아래 서서
젖은 거리를 내다본다.
러닝셔츠 바람으로 담배 연기를 길게 내뿜는다.
젊은 엄마가 자신의 우비 자락 아래
아이를 꽁꽁 품는다.
아이는 깔깔대며 자꾸만
엄마와 엇갈리는 보폭을 맞춘다.
40여 년의 시간 차를 두고 만난 사람들인데
엄마가 내 옷을 여며주던 시절의 이웃처럼

낯익고 다정하다.
오토바이에서 내려 그들의 집으로 들어가면
자연스럽게 내 우비를 받아
처마 아래 걸어줄 것 같다.

와르르륵 두두두둑
비에게
몸을 맡기고

청년에게
몸을 맡기고

젖은 거리에
시간을 맡겼더니

풍경 속에서 여러 겹의 추억들이 깨어나
풍경 속 모든 존재를 한 품으로 끌어안는다.
서로가 서로에게
밀뢰유처럼 완벽하게 포개어진다.

⌂

부암동 새집에서 맞는 첫 여름,
비가 내린다.

비가 내려도 너무 내린다.
부암동 집에서 나는 글을 짓는다.
밥도 짓는다.
일탈이라니.

비가 너무 내리니
벽에 곰팡이가 피고 누수도 있다.
곰팡이를 닦는다.
누수 공사를 한다.
일탈이라니.

비는 멈출 생각을 하지 않는다.
창문을 두드려댄다.
나를 두드려댄다.
어느 날,
곰팡이를 닦다 말고 걸레를 집어던진다.
틈이 슬쩍 벌어진다.
벌어진 틈을 꽉 붙잡는다.
에라, 모르겠다.
될 대로 되어라.
살겠다고 빠져나간다.

이곳에서,
나는 오토바이 대신 자동차를 운전한다.

우비를 입는 대신 우산을 쓴다.
하지만 자동차도 우산도 놓아두고
우비를 들고 나선다.
옷을 입을 줄 모르는 장난꾸러기 아이처럼
머리에만 우비를 걸친다.

비야, 더 내려라!

곰팡이가 피든 말든
누수가 있든 말든
몸뚱이가 젖든 말든

그러니까,
어쩌다 하루는
허튼짓만으로.

당신 생에서
가장 행복했던 기억

지금 필요한 것은 영화처럼
누군가의 또 다른 삶을 구경하는 일이 아니다.
그냥 내 순간을 사는 것이다.

빛이 느리게 찾아오는 겨울,

새벽 5시에 눈이 떠진다.

창밖이 아직 어둡다.

조금만 더 자자.

이불 안에 몸을 웅크린다.

겨울날 특유의,

코끝에 닿는

하얀 이불 면 커버의 바스락거림이 좋다.

다시 눈을 뜬다.

6시,

남편은 새벽 운동을 가고 없다.

꼬르륵 소리가 난다.

1층 살롱으로 내려간다.

우유 거품기로 뜨거운 베이비치노 한 잔을 만든다.

우유.

아마 나는 죽을 때까지 우유를 볼 때마다

반사적으로 고마운 마음이 들 것이다.

아이가 크는 내내 우유를 좋아했다.

어지간히 밥을 안 먹어 내 애를 태웠건만

우유만은 언제나 반색했다.

작고 통통한 손으로 종이팩을 감싸 쥐고

빨대로 오물오물
우유를 빨아들이기 시작할 때면
나는 언제나 조금쯤 안도하고
감사한 마음이 들었다.
아이는 어른이 되었고
나는 부엌에서 은퇴를 선언했다.

"먹고 먹이기 위해 애쓰는 사람은
이제 이 집에 없을 거야.
우리는 아무도 애쓰지 않아도 될 만큼만
각자 알아서 챙겨 먹을 거야."

처음에 남편은 내 선언을 달갑지 않게 여겼다.
몇 차례 직접 요리를 하더니 저항했다.

"나만 요리를 하잖아!"

"그걸 나 혼자 20년 넘게 했어.
이젠 네가 먹을 건 네가 해.
내가 먹을 건 안 해도 돼."

저항해도 내가 꿈쩍하지 않는다는 걸,
논쟁을 벌여도 유리할 게 없다는 걸 안 뒤로
그는 주방을 맡았다.

의식주 중 하나를 내려놓으니
일상의 3분의 1이나 되는 짐 하나를 던 것 같다.
시리얼로도 끼니를 때우고
떡이나 과일로도 끼니를 때운다.

그래서 우유는 다시, 내게 감사한 존재가 되었다.
냉장고 문을 여는 정도의 수고만으로
예민한 나의 위벽을 보드랍게 감싸준다.
차리지도 않고, 심지어 씹지도 않고
든든함을 느낄 수 있다.
한없이 흔하면서도 완벽하게 고운 빛깔을 지닌
이 식재료는 언제나 손쉬운 위안을 준다.
내가 외롭거나 실패해도 우유는
내 손이 닿는 곳에 있어줄 것이다.
우유처럼 쓸모 있으면서 겸손한 존재가 되는 것은
얼마나 어려운 일인가.
리스펙트(Respect).

거품기의 뜨거운 우유를 머그잔으로 옮길 때면
나는 언제나 존경을 다한다.
최후의 남은 한 숟가락까지 버리지 않고
머그잔으로 옮기려 애쓴다.

거품기 옆에는 원두 그라인더가 있다.

2초쯤 갈등한다.

딱 2초, 그 이상은 못 한다.

우유와 커피,

이 둘은 언제나 짜장면과 짬뽕처럼

서로가 서로를 불러들인다.

그렇다고 섞어서 라테를 만들어놓으면

둘 다 고유의 개성을 잃고

실망스러운 맛이 되어버리기에,

나는 결국 머그잔에 커피를 핸드드립 한다.

머그잔 두 개를 들고 2층으로 올라온다.

잔을 소파 테이블에 내려놓고

무릎담요 두 개를 한데 모아

소파에 아늑한 둥지를 만든다.

이런 새벽의 시간,

어둠 속에서 아무의 움직임도 보이지 않는데

태양의 기척을 먼저 느낀 새가 실수처럼 우짖는다.

다른 새들이 호응하지 않자 도로 침묵한다.

무릎담요 위로 노트북을 올리고

어젯밤 보다 만 영화 〈더 스퀘어〉를 보기 위해

스트리밍 버튼을 클릭한다.

먹통이다.

어쩐 일인지 와이파이가 터지지 않는다.
돌연, 뭔가 해결된 기분이 든다.
관성처럼 보던 것을 마저 보려 했지만
사실 새벽은 영화보다 더 완벽하다.

차가운 겨울,
뜨거운 우유와 커피,
무릎담요로 만든 둥지,
지금 필요한 것은 영화처럼
누군가의 또 다른 삶을 구경하는 일이 아니다.

그냥 내 순간을 사는 것이다.

나는 창가로 가 초를 하나씩 밝힌다.
마지막으로 향을 가져와 촛불로 불을 붙이고
45도 기울여 나무 받침대에 세운다.

촛불이 우유처럼 소박하면서도 보드라운 빛으로
사위를 풍성히 채운다.
향이 무럭무럭 제 가느다란 몸을 태우며
실내를 라벤더로 채운다.

천천히, 남빛 새벽이
아주 잠시 주황빛을 머금더니

예상보다 빠른 속도로 환한 아침을 데려온다.
향, 촛불, 새벽
이 삼위일체가 만나면
누구라도 기도하지 않을 수 없다.

내 기도는 염원을 담지 않는다.
단지 존재함에 감사를 전한다.
우유처럼 담백하게.

⌂

오래전, 일찍 눈이 떠진 날
담요 아래서 발가락을 꼼지락대며
이제 곧 벌어질 하루가
무작정 경이로워서 가슴 떨렸던 유년이 있었다.

그로부터 20여 년쯤 뒤,
담요 아래서 뜻대로 생이 풀리지 않는 암담함에
몇 번이나 부질없이 시간만 확인하던
젊음도 있었다.

다시 20여 년쯤 뒤,
나는 50이 되었다.

몇몇 행운의 날들에는 이렇게
우유를 순전히 느낄 수 있고
고요히 초와 향도 불러들일 줄 알아서
다른 삶을 더 구하지 않아도
머무는 자리에서 편안한 순간이 있다.

먼 길을 돌고 돌아
도착하고 싶은 곳에 도착하였나.
그런 것도 같다.
이렇게 평화롭고 온전한 새벽에는.
나이 듦에 주어지는 포상 같은 새벽에는.

͡

코트를 입고 목도리와 털모자를 걸친다.
둥근 부츠 코가 뭉툭하게 아침 햇살을 받아낸다.
두꺼운 양말 안에서
발가락을 한껏 오므렸다가 펴고
부암동 골목을 걷는다.

담장 너머 두툼한 나무를 올려다본다.
고개를 쳐들고 속눈썹에 내려앉는
빛의 육각형 산란을 본다.
모서리가 부서진 돌계단에 파묻힌

꼬마 자갈들을 들여다본다.

빛의 입자가 조금씩 굵고 진해진다.

가슴속에서 마르지 않는 샘물 같은 것이

조금씩 나를 적시는 것을 느낀다.

흐르는 시간에도, 발걸음에도,

천진하고 근심이 없는 드문 날이다.

그런 날은 슬몃, 생각한다.

'어쩌면 나는 어릴 때와 조금도

변한 것이 없는 게 아닐까?

속임수처럼, 거죽만 늙었을 뿐….'

그렇게 드물게, 아주 드물게, 겨울 햇살 아래

시간이 변화시키려 했으나 실패한,

변함없는 나를 만난다.

독자들이 많이 모인 자리에서

이런 질문을 받은 적이 있다.

"인생에서 가장 행복했던 순간이 언제였나요?"

"글쎄요.

고래상어와 함께 헤엄치던 순간도
가장 행복한 순간 중 하나였을 거예요.
탄자니아의 응고롱고로(Ngorongoro) 분화구에서
플라밍고 떼와 아침을 맞이하던 때도 행복했죠.
아이가 "아름다워!"라고 최초로 말한 순간도
눈물이 날 정도로 행복했어요.
독자가 '당신 덕분에 내 삶이 바뀌었다' 말해줄 때도
무척 행복합니다.
하지만 가장 행복했던 순간은
훨씬 더, 더 시간을 거슬러 올라갑니다.
어쩌면 제 최초의 기억일지도 몰라요.

서너 살쯤 되었을까요?
그저 방에 앉아서 마당을 내다보고 있었죠
아무 일도 일어나지 않았어요.
하지만 모든 일들이 일어나고 있었죠.
방금 그친 비에 돌막들이 젖어 있었어요.
빗물이 결을 만들어 돌막을 만지며 흘렀죠.
가벼운 흙 입자들이 물고기처럼
그 흐름을 따르다 멈추다 했어요.
돌막은 물론이고, 심지어 흙까지
제각각 다른 형태와 빛을 지니고 있었어요.
그 '다양한 존재들'을 최초로 자각했고
나는 그들이 나를 둘러싸고 공존한다는 사실에

조금 전율했던 것 같아요.

시간이 가는 줄도 모르고 들여다보았습니다.

손을 넣고 흙을 젓기도 하고

유독 예쁜 돌막을 고르기도 하고

수면을 손바닥으로 찰박거리기도 했어요.

내가 무엇을 하든지 간에

물길은 이내 잠잠히 제 길을 냈죠.

지금은 그 정도의 풍경에

절대 머무르지 않을 겁니다.

심지어 그런 걸 풍경이라고 부를 수 있나

생각할 거예요.

그런 감동은 첫 키스와 같습니다.

생애 딱 한 번뿐이죠.

한 사람의 생이 백지일 때

아무것도 아닌 것이 단지 '처음'이라는 타이틀로

'대단한 것'이 되어 들어올 때,

그 순전한 감각,

오감이 전부 깨어나 기립한 감동을 기억합니다.

완벽하게 충만했고

완벽하게 행복했습니다.

기억 못 하지만,

아마 최초로 쌀밥을 입에 넣었을 때도

처음으로 혼자 집 밖으로 나갔을 때도
비슷했을 겁니다."

내가 말하는 내내,
한 여성이 앞에서 눈을 감고 이야기를 들었다.
그녀는 마치 그 자리에서
생애 최초로 돌막을 내려다본 것처럼
곧이라도 감동으로 울음을 터뜨릴 듯
미간을 모은 채였다.

한 인생 안에 놓여 있는 그 수많은 처음,
그 위대한 체험.
그 위대한 마음,
그 모든 초심.

부암살롱에서 글쓰기 모임을 할 때
나는 참가자들에게 말하곤 한다.

"어떤 책도 더 읽을 필요가 없어요.
 우리가 초심을 간직할 수만 있다면."

발끝도 코끝도 차다.

집으로 돌아와 코트를 벗어 걸고
목도리와 털모자를 개켜둔다.

이런 날의 나를 맞아주던 집이 있었다.
엄마가 있었다.
아랫목이 있었다.

이런 날 내가 맞이하던 아이가 있었다.
엄마 냄새를 킁킁 맡고
장난감으로 뛰어가던 아이.

이 집은 그 집이 아니다.
여긴 엄마도 아이도 없다.
아랫목도 장난감도 없다.

라벤더 향이 직육면체의 거실 안에
얄따랗게 멈춰 서 있다.
향 받침대에는 회색빛 재가
지그재그로 쏟아져 있다.
방금 누군가 떠난 둥지처럼
소파 위 담요가 둥그렇게 비어 있다.

살아냈고 살아갈 날들이
선물처럼 문득 찾아온 초심과 함께

아늑하게 자리 잡고 있다.
이 호젓함도 나쁘지 않다.

새들이 본격적으로 노래한다.
그러니 반백 살 나의 노래는 여기까지.
하루치 노동을 하러 책상으로 간다.

room #2

당신과
나의 방

내가 지닌 것을, 다른 누군가가 아닌,

너와 나누고 싶었음을. 나는 너를 꼭 지키고 싶었음을.

결핍인 줄 알았던 것의
과잉

나는,
삶에서 무엇을 버릴 수 있는가?
무엇을 꼭 지키고 싶은가?

우붓 사람들은 적게 먹는다.
반 공기 정도의 밥에
두어 가지 정도의 반찬.

그래서 우붓에 도착하면 처음 며칠은
밥을 먹다 말고 숟가락을 내려놓는 것만 같다.
잠들 때 "아아, 배고파!" 신음하며 잠들고
아침에 눈을 뜨면 시계부터 본다.
조식 시간이 되었는지 확인하기 위해.

언제나, 너무나 쉽게,
조금쯤 살이 빠진다.

살이 빠질 때쯤 되면
'배가 고프다'가
'몸이 가볍다'로 바뀐다.
적은 음식이 편안해진다.
지난 며칠간 느낀 배고픔은 사실상
한국에서 늘 지나치게 먹던 것에 대한
상대적 감각이었다는 걸 깨닫는다.

우붓의 인터넷은 느리다.
뉴스나 확인하고 메일이나 주고받을 정도.
그나마 아예 터지지 않는 곳도 많다.

그래서 우붓에 도착한 처음 며칠은
필요한 것들과 차단된 느낌을 받는다.
큰 파일은 밤새 다운받다가
"내가 미쳐!" 포기하고 잠든다.
스마트폰을 꺼내 들었다가도
허약한 인터넷으로 할 수 있는 몇 안 되는 일은
이미 끝마쳤음을 깨닫고 슬그머니 내려놓는다.

언제나, 너무나 쉽게,
오프라인 상태에서 두 손이 놀고 있다.

두 손이 노는 것이 자연스러울 때쯤 되면
'차단되다'가 '자유하다'로 바뀐다.
오프라인 상태가 고마워진다.

지난 며칠간 느낀 차단은 사실상
한국에서 늘 지나치게 연결되어 있던 것에 대한
상대적 감각이었다는 걸 깨닫는다.

꿍

음식과 인터넷.
이 둘이 우붓에서 가장 빠르게
결핍으로 다가오는 이유는

단지 한국에서 이 둘이

가장 과잉이었기 때문이다.

한국에서 나는 대식가가 아니다.

현미밥과 샐러드를 즐긴다.

하지만 대부분의 한국인처럼

커다란 냉장고가 주방에 있다.

게다가 위장의 허기는

인간이 느끼는 다양한 허기 중 최말단,

언제든 쉽게 채워진다.

식욕이 아닌 다른 허기를 달랠 때도

나는 툭하면 냉장고 문을 열었다.

위장의 포만감이 온몸의 신경을 둔화시키면

잠시 허기의 진짜 근원에 대한 탐색도

같이 멈출 수 있었다.

그러한 선택은 옹호받았다.

TV를 켜면 사람들이 먹고 있었다.

사람들을 만나도 맛집을 이야기했다.

그것은 연중 시들지 않는 대중오락이자 도피처였다.

24시간 영업하는 온라인 배달 앱들이 단합해서

피자든 해장국이든,

아파트 단지든 공원 한가운데든 가져다주었다.

언제라도 바쁘게 냉장고와 위장을 채워놓는 일에

지금의 한국보다 더 몰두할 수 있는
환경을 찾기란 쉽지 않다.

또 한국에서 나는 극심한 스마트폰 중독자가 아니다.
글과 산책을 즐긴다.
하지만 대부분의 한국인처럼
어딜 가나 온라인 상태였다.
게다가 '무언가를 하고 있다'는 감각은
스마트폰이 주는 성취감 중 최말단.
언제든 쉽게 채워진다.
나는 막간이 생기면 스마트폰을 들여다보았다.
꼭 '필요한' 것뿐만 아니라
'필요할지도 모를' 것까지 찾아서.
한 가지 검색이나 결제를 마치고 나면
'해냈다'는 종잇장처럼 얄팍한 안도감이
슬며시 형체를 드러내다 말고 사라져버렸다.

그러한 선택은 옹호받았다.
사람들은 앉아 있을 때나 걸을 때나
스마트폰을 보고 있었다.
남편도 아이도 내가 억지로
스마트폰을 떼놓아야 잠이 들었다.
그것은 연중 운동을 멈추지 않는
수의근이자 불수의근이었다.

잠들지 않는 전국의 온라인 근육들이 힘을 합쳐
정보든 물건이든, 총알에서 로켓으로 배송시켰다.
언제라도 쉼 없이
'필요할지도 모를' 것까지 찾아두는 일에,
지금의 한국보다 더 편안한 환경을 찾기란 쉽지 않다.
(덕분에 '이것이 정말 필요한가?' 반문하고
자신을 통제하는 일은 몹시 어려워졌다.)

음식은 남기더라도 일단 냉장고 속에 두는 것으로
죄책감을 유예시킬 수 있었다.
상해서 버릴 때까지.
버리더라도 충분히 유예시켰으니
죄책감이 적었다.

정보는 다시 검색하면 거기 그대로 있을 테니
딱히 기억하려는 노력을 유예시킬 수 있었다.
검색할 필요가 없어지는 시점까지
같은 정보를 몇 번씩 찾고 몇 번씩 망각했다.

귀한 것은 없었다.
그러면서 귀한 것을 얻기 위해
돈을 벌기도 시간을 내기도 어렵다고 하소연했다.

검색 뒤 또 다른 검색이라는

노동인지도 모르고 계속되는 노동,
습관적인 분주함 속에서
'무언가를 하고 있다'는 감각을 유지하는 데
힘을 쏟노라면
정작 '내게 지금 꼭 필요한 것'의 정체는 희미해졌다.
지금 꼭 필요한 것만을 위해
집약적으로 노동하는 방법도 잊었다.

약속 장소에 5분만 일찍 도착해도
스마트폰을 꺼내들었다.
어떤 날은 고속도로를 운전하면서도
자발적으로 검색 노동 중인 나를 발견했다.

우붓에서 나는
네 시간 간격으로 하루 세 번 먹는다.
적은 양식은 네 시간 이상 가지 못하기 때문이다.
하지만 바꿔 말하자면 이것은,
내가 정해진 때 식당으로 가
꼭 필요한 만큼의 음식만 섭취한다는 뜻이다.
잉여가 생기지 않고 저장도 불가능하기 때문에
음식으로 산만해지지 않고 온전히 집중하며
네 시간을 보낼 수 있다는 뜻이기도 하다.

착실히 배를 채우는 것 이상의 기대를
음식에게 하지 않는다.
음식은 더 이상 용한 도피처가 아니다.
그저 그렇게 네 시간의 에너지원이 되어주는
비중 낮은 일이 된다.
몸이 가벼움을 유지하기에, 덤으로,
나는 언제라도 휴식 시간을 이용해 요가를 하거나
수영장에 뛰어들 수 있는 준비가 되어 있다.

우붓에서 나는 30분 일찍 어딘가에 도착해도
강물과 숲을 내려다본다.
습관처럼 무언가 해내거나 알아내기 위해
막간을 이용하려 해도
와이파이가 안 잡히기 때문이다.
하늘도 올려다보고
바람이 목덜미 사이로 흐르는 것도 느낀다.
자연스레, 그동안 얼마나 스마트폰으로 인해
주변과, 무엇보다 나 자신과 유리되었는지 깨닫는다.

왜 1분의 시간만 생겨도 나는
그 쓰레기 같은 것들을(사실 '필요'가 없으면 다 쓰레기다.)
검색해 챙겨 보았는지?
중독이라는 말밖에는 달리 어휘를 찾을 수가 없다.
담배가 나쁜 줄 알면서도 의존하듯이,

순간에 대한 자율성과 주도성을 잃고 나면
순간을 오롯이 인터넷에 의존하게 되는 것이다.

가벼운 몸과 오프라인이 만나는 것은
간단한 수학이다.

1+1=2이듯,
가벼운 몸+오프라인=야외 활동.

손에서 인터넷을 내려놓으면
인간은 창의적으로 시간을 보낼 궁리를 하고
그때 몸이 가벼우면 자리를 털고 일어나
자연스레 자신을 둘러싼 것들과 호흡을 맞추게 된다.
밖의 시간, 즉 계절,
그리고 그것에 따라 변화하는 자연과 만나게 된다.

자연과의 만남에는 필연적으로 운동성이 가미된다.
운동성은 다시, 몸을 가볍게 한다.
선순환이다.
이 순환 속에서 인간은 반드시 행복해진다.
우리의 뇌 구조가 그렇게 설정되어 있다.

당연히 다른 수학도 있다.
무거운 몸+온라인=실내 활동.

운동성이 배제되고,

주변과 유리된 활동을 지속하면

호흡은 계절을 잃고 몸은 체중을 얻는다.

무거운 몸은 다시, 운동성을 잃는다.

악순환이다.

이 순환 속에서 인간은 반드시 불행해진다.

우리의 뇌 구조가 그렇게 설정되어 있다.

우붓에서 나는

한국으로 돌아가면 위장을 더 가볍게 하리라,

위장 대신 온몸을 더 자주 느끼리라 다짐한다.

내 위장은 복합 허기의 잔반통이 아니다.

1분이든 10분이든 시간이 생기면

인터넷 대신

내 몸에 뭉친 곳을 의식하고 어루만지며,

쌓인 긴장과 피로를 풀어주리라 다짐한다.

내 몸과 타인처럼 동거하지 않으리라.

온라인 쓰레기를 수거하면서,

인생을 주인 없는 쓰레기통으로 만들지 않으리라.

태도가 내용을 만든다.

～

우붓의 오후 6시.

태양이 어깨의 힘을 죄다 풀고 옅은 한숨을 내뱉는다.

볕은 조금씩 뜨거움을 잃고 사물은 채도를 낮춰간다.

그날, 사원에서는 실로폰 소리를 닮은

가믈란 연주 소리가 딩딩당당 울려 퍼졌다.

하교 후 아이들이 모여 연습하는 듯 서투른 솜씨였다.

나는 오토바이를 타고 있었다.

가죽 좌석에 허벅지를 직접 붙여도

화상을 입지 않을 시간대였다.

핫팬츠를 입고 엔진의 진동을

사타구니에 느끼고 있었다.

그 남자는 햇빛 속에 앉아 있었다.

아무것도 없는 곳인데,

모든 것이 다 있는 곳.

그러니까, 공터이지만

수령을 짐작할 수 없이 커다란 나무 아래.

늘어진 셔츠가 왼쪽 어깨의 절반쯤을 드러내고

친구인 듯 보이는 사람과 나무둥치에 기대어

나란히 활짝 웃고 있었다.

활짝 웃는 남자.

풀어져 활짝 웃는 남자.

우붓에서는 6시가 되면 모두 일을 접는다.
풀어진 남자도 흔한 풍경이다.

⌂

태도가 관계를 만든다.

⌂

한국에서 남편과 나의 관계는
당연히 음식과 인터넷을 대하는
우리의 태도에 고스란히 지배받는다.

한국의 오후 7시.
네온사인이 강렬히 살아나더니
사무실에서 풀려난 이들을 다시 실내로 쓸어 담는다.
어둠은 조금씩 취기를 더하고
사람들의 욕망이 흔들거린다.

그날, 신사동 가로수길은
중국 관광객들로 몹시 붐볐다.
그들은 마침내 무언가를 찾아낸 이들 같기도 하고

완전히 길을 잃은 이들 같기도 했다.
한 수 배워가려는 의지를 불태우며
지나가는 멋쟁이들을 끊임없이 훑었다.

나는 최고로 멋을 내고 발레파킹을 했다.
10센티 힐의 긴장을 허벅지에 느끼며
웨이터가 열어준 식당 문 안으로 들어섰다.
나의 남자가 창가 자리에 앉아 있다.
모든 것이 다 있는 곳인데,
아무것도 없는 곳.
그러니까, 미슐랭 원스타가 오랜 목표였지만
별 하나를 받자마자
다시 투스타가 목표가 되어버린 식당에.

멋진 턱수염을 지닌 나의 남자는
언제나 면도를 해야 하는 직업을 지녔다.
오늘도 와이셔츠 속 몸이 딱딱하게 굳어 있다.
팔짱을 끼고 긴장한 어깨를 움츠린 남자.
크게 웃는 것을 본지 오래된 남자.

서울에서는 7시가 되어도
일을 딱 끝내기 어렵다.
굳어버린 남자도 흔한 풍경이다.

커다란 나무 아래에서
풀어진 그 남자와 친구가 일어섰다.
친구는 오토바이를 타고 시내로 가고
남자 혼자 공터를 건넌다.
방금 내가 오토바이를 멈추고 들어선 식당으로
그의 걸음이 향하고 있다.

우붓에서 내가 가장 좋아하는 마을은 바로 이곳,
페르마타 하티 보육원이 있는 뉴꾸닝.
그가 건너는 이 공터는 종종 소박한 축구장이 된다.
공을 차는 아이들을 바라보며 음식을 기다릴 수 있는
이 식당에 나는 자주 온다.
음식은 언제나 느리게 나온다.
가격은 평균 2천 원.

이 느린 식당에 오는 건 대부분
순간향유능력자들.

느림을 매일의 당연한 일부로 여기며
여유롭게 순간을 향유한다.
느린 삶 속에서 몸과 정신의 균형을 추구한다.
아니, 몸과 정신의 균형을 추구하기에
삶은 느려질 수밖에 없다.

이들 중 복부 비만은 없다.

외모를 말할 때, 그들은 옷이 아닌 몸으로 말한다.

대부분 요가나 수영을 한 뒤

젖은 머리를 고스란히

열린 식당으로 들어오는 바람에 맡긴다.

그가 들어와 축구장이 잘 보이는 쪽에 자리를 잡는다.

잠시 후 여자가 들어오고 그가 일어선다.

둘은 양 뺨에 입을 맞춘다. 마주 앉는다.

여자는 남자와 닮았다.

사실 이들은 하나의 기원에서 출현한 부족처럼

서로서로 닮았다. 조금도 꾸밈이 없다.

손질하지 않은 머리는 헝클어뜨리거나 대충 묶었고

화장기 제로의 얼굴은 실컷 그을렸다.

근육이 산맥처럼 울끈불끈 가로지르는

몸태도 비슷하다.

핑크색 텀블러와 요가 매트를 내려놓는

여자의 딴딴한 팔에는

타투들이 자유롭게 뛰놀고 있다.

바람이 냅킨 몇 장을 날린다.

나비도 바람에 실려 들어온다.

날개 끝이 파랗다.

늘어진 셔츠를 입은 남자가 일어나더니

헤매는 나비를 손으로 부드럽게
저어, 저어, 저어서, 내보낸다.
오랜 시간 공들여 내보낸다.

그 손짓,
그 까치발,
사이사이 비어져 나오는 웃음소리,
발레리노가 춤을 추는 것 같다.
순례자가 노래하는 것 같다.

과연,
나는 이곳에 속해 있나?

⌃

미슐랭 별 하나를 받은 식당의 조도는 낮다.
벽면의 웨인스코팅은 마지막 1센티까지
완벽하게 마무리되어 있다.

5년 전 그날은 결혼 18주년 기념일,
우리는 선물이나 기념 여행을 생략하는 대신
그 식당을 선택했다.
나의 남자가 또 스마트폰을 들여다보고
말이 끊겨 어색해진 나는 시선을 접시에 둔다.

그의 폰은 퇴근을 모른다.

폰 속에 입력된 수많은 이들 중

누군가 반드시 그를 찾는다.

나도 그를 찾지만 폰이 멈춰야 내 차례가 온다.

서울에서 파인애플 젤리 푸아그라 테린과

캐비아를 얹은 블루 랍스터 튀김볼을

추상화처럼 멋진 플레이팅으로 맛볼 수 있는 곳.

웨이터는 눈치껏 우리의 접시를 살피고

먹는 속도에 맞춰 칼같이 다음 접시를 대령한다.

가격은 평균 10만 원.

정교한 요리를 제공하는 이 식당에 오는 건

대부분 만족불감증자들.

이들에게 만족은 하루의 당연한 일과라서,

매일 바쁘게 돈을 지불한다.

바쁨 속에서 몸과 정신의 균형이 깨어진다.

아니, 몸과 정신의 균형이 깨어졌기에

불균형을 땜질하는 헛된 시도들로 하루가 더 바빠진다.

날씬한 이들조차 복부는 비만이다.

외모를 말할 때, 그들은 몸이 아닌 옷으로 말한다.

골프를 치고 피부과와 명품관에 가고

투자 상담을 받는다.

바람이 불면 창문을 닫고 에어컨을 켠다.

스마트폰이 멈추자 나의 남자가 나를 바라본다.
한껏 차린 내게 아름답다는 말 같은 건 할 줄 모른다.
10센티 힐로 팽팽해진 허벅지 근육이 풀려버린다.

우리는 닮지 않았다.
그는 큰 키에 퉁퉁하다.
고혈압 약을 복용하고 있고 초기 당뇨 진단을 받았다.
나는 작은 키에 근육질이다.
해마다 체지방은 줄고 근육량은 늘고 있다.
당연히 우리의 하루도 매우 다르다.

나는 매일 그날 할 수 있는 만큼만 일을 맡고
더 들어오는 일은 거절한다.
나를 더 바쁘고 유명하게 만들어줄 일은
특히 열심히 고사한다.
대신 반드시 짬을 내 일기를 쓴다. 운동한다.

그는 매일 그날 끝나지 않을 만큼의 일을 맡고
하지 못한 일은 야근을 해서라도 해놓는다.
짬이 나면 반드시 눕고 싶어 한다.

그는 책임감이 강한 사람이다.

종종 충전이 잘 안 되는 내 폰이

제대로 충전되고 있는지

오밤중에 일어나 내 폰을 살핀다.

이렇게 특별한 날이면 특별한 장소에서

특별한 시간을 가져야 한다는 책임감에도 변함없다.

알지만,

다 알지만,

특별한 날의 특별한 이벤트는

그의 폰이 울릴 때마다 조금씩 무너져 내리고 있다.

내가 분위기를 살리려는 이야기를 애써 꺼낼 때

그는 의사결정을 다급히 기다리는

폰 속 누군가를 위해

내 이야기에 집중할 수가 없고

나는 그것을 지적하는 대신

무시받는 느낌을 고스란히 삭히는 편을 택한다.

내가 그것을 지적할 때마다

나도 최선을 다하고 있는데 어쩌라는 거냐며

싸움이 되었기 때문이다.

그의 최선은 특별한 날

특별한 식당에 출석하는 것까지 가능할 뿐,

출석 후 특별한 관계를 확인하는 것까지는

불가능하기 때문이다.

내가 침묵하기 시작하자

그제야 그가 내 눈치를 본다.

계속 침묵한다.

말해도 개선되지 않는 것에 대해선 침묵하는 수밖에.

다시 폰이 울린다.

오늘의 참된 주인공,

너,

폰.

배려와 인내를 통해 관계에서 안거점을 찾고

거기서 자족하는 법을 배운다는 것,

그것은 오랜 결혼의 유일한 비법이기도 하지만

문제를 덮고 문제가 없는 지점에서만 숨을 쉰다는 것과

동의어이기도 하다.

모든 것이 완벽하게 다 있는데 아무것도 없는 곳,

우리는 낮은 조도 아래 앉아서

웨이터의 정확한 시중을 받으며

아름다운 옷을 입고 작품 같은 식사를 한다.

위장이 터지기 직전이지만

아직 디저트가 세 가지나 남아 있다.

화려한 곳에서

초라한 침묵.

시스템의 밀도는 높고
저항은 죽어 있고
미각은 살아 있다.
이곳에선 아무도 6시에 일을 접지 않는다.
풀어진 남자, 풀어진 여자가
제 밥벌이를 하는 경우는 없다.

이곳은 만족불감증자들이 사는 곳.
순간향유능력이 뛰어난 사람들은
순간순간 불행해진다.

과연,
나는 이곳에 속해 있나?

∿

채소와 밥을 볶은 적은 양의 식사를 마친 뒤
나는 축구장 앞에 세워둔 오토바이로 돌아간다.

덜 채워진 위장이 내게 안정감을 준다.
나의 몸과 위장은 조화롭다.
나의 몸과 자신감도 조화롭다.

샤워를 한 뒤엔 대충 걸쳐 입고

눈썹이나 매만질 뿐이지만

거울을 보면 언제나 내 체형이 마음에 든다.

볕에 그을린 기미는 건강해 보이고

머리 뿌리에서 올라오는 흰머리도 개의치 않는다.

80센티도 넘는 긴 머리에서 고작 1센티일 뿐.

79센티나 되는 검은 머리가

내게 남은 젊음의 시간인 것 같다.

머리끝에서 물방울이 뚝뚝 흘러내리건 말건

슬리퍼를 신고 오토바이에 올라타곤 한다.

오토바이가 속도를 내고

젖은 머리가 바람에 마르기 시작하는 순간이면,

이내, 모든 것이 완벽하다고 느낀다.

큰 나무가 있는 공터처럼,

아무것도 없는데 모든 것이 다 있다.

덜 채우고

비워놓음으로써

풍성해진다.

⌂

나는 한국에서 언제나 조금 더 군살이 붙어 있다.

조금 더 먹을 시간은 있으면서도,

조금 더 운동 시간을 확보하려면 전투가 된다.
나의 몸과 자신감은 조화롭지 못하다.

외출할 때면 드라이어로 머리칼의 웨이브를 잡고
공들여 화장하고 옷을 여러 벌 입었다 벗는다.
그렇게 공들여도
거울을 보면 내 체형이 썩 마음에 들지 않는다.
뿌리 쪽 흰머리는 언제나 눈에 거슬린다.
80센티도 넘는 긴 머리에서
고작 1센티 차지했을 뿐인데,
그것이 내게 남은,
점점 나를 장악할 노년의 시간 같다.

우붓에서 만들어온 기미는
화장으로 잘 커버되지 않아 신경질이 난다.
언제나 나만 아는 단점이 내 눈에 더 부각된다.
열심히 채우지만 늘 충분히 부족하다.

궁금하다.
이 욕망에 과연 완성이란 게 있을까?

⌂
나의 남자는 미슐랭 원스타 식당을 나서며

내게 미안한 표정을 짓는다.

나는 비싼 식당에서 귀한 식사를 함께하고도

미안한 표정을 짓는 그가 가여운 표정을 짓는다.

알지만,

다 알지만,

그는 다만 어쩔 수 없는 것이다.

그래서 오늘 밤도 피곤한 몸을 일으켜

내 폰의 충전 상태를 살필 것이다.

나도 어쩔 수 없는 것이다.

우리는 이곳에서 이렇게 함께하기로 한 것이다.

폰이 울리지 않는 틈을 타

나눌 수 있는 것만 나누기로.

제자리에서 비바람을 맞는 돌처럼

태양이 나오는 순간을 기다리며.

태양이 나오면 그 빛에 언 몸을 녹이며.

태양은 물질적으로 풍요롭고

사회적인 안정을 주며

드물게 미슐랭이라는 별로

우리의 허기를 여봐란듯이 과하게 채워주므로.

그러면 이것은 잘못되었는가?

우붓은 옳고 서울은 옳지 않은가?

아니.

❧

내가 우붓에 있는 동안

한 친구가 아이 방학을 맞아 한 달 살이를 하러 왔다.

초등학생인 아이가 현지 학교의

여름 캠프에 참여하는 동안

친구는 요가를 하고 수영을 했다.

아이는 프로그램에 따라

종일 숲으로 바다로 소풍을 다녔고

하굣길에는 다시 리조트에서 수영하거나

놀이터에서 놀았다.

"이게 진짜 인생이야."

친구가 이렇게 생각하는 데는

반나절이면 충분했을 것이다.

"이렇게 계속 살 수는 없을까?"

그 질문을 하는 데는 하루면 충분했을 것이다.

그 여름 방학,

한국의 또래 아이들은 창문도 없는 학원에서

냉방병에 걸릴 지경으로 공부를 한다.

집으로 돌아오면

엄마의 감시 속에 저녁 늦도록 숙제를 한다.

늦은 밤 폰을 붙잡고

"그만 자!"라는 엄마와 씨름한다.

대한민국만큼 GDP를 가진 나라 중에

대한민국처럼 온 가족이

불행하게 돈을 쓰는 나라도 드물다.

친구는 이곳에서

시금치를 갈아 넣은 디톡스 주스를 2천 원에 마시고

고시원 한 달 방세보다 약간만 돈을 더 주고

매일 새하얀 시트와 수영장,

조식 서비스를 제공받는다.

아이의 서머스쿨 비용은

한국의 사교육비보다 결코 비싸지 않다.

대안을 모르면 그냥 살 수 있다.

그러나 대안이 있다는 것을 알면

인간은 더 유리한 삶의 조건을 찾아 떠돌게 된다.

절대적으로 유리한 삶의 조건이란 게 있다면

그게 정답일 것이다.

모두 다 그 정답대로 살면 되겠지.
그렇지 않은 게 문제다.
우붓에 있되, 우붓이 편안하려면
돈은 한국 기준으로 벌어야 한다.
우붓 임금 기준으로 돈을 버는 순간
디톡스 주스는 전혀 싸게 느껴지지 않을 테니.

상대적으로 가난한 나라에 와서
상대적으로 가난하다고 느끼는 것처럼
불행한 기분이 있을까?

친구는 우붓의 집 렌트비와 아이들 학비를
진지하게 검색한 뒤 알게 되었다.
우붓에서 '이게 진짜 인생이야!' 느끼며 살려면
기러기 아빠의 탄생과 함께
가족은 찢어져 살아야 한다는 것을.

더 검색하면 또 알게 될 것이다.
이곳에선 학교든 병원이든
발리답게 슬렁슬렁 운영되며
막상 살다 보면 한국인들은
그 슬렁슬렁이 답답해 미쳐버린다는 것을.

하지만 그녀는 검색하지 않아도 알고 있을 것이다.

한국인들의 과도한 경쟁과 성과주의가
얼마나 한국에서의 삶을 파괴적으로 만드는지를.

그래서 한국인들은
오늘도 빠른 성과를 내며 빡빡하게 살고
그래서 발리인들은
오늘도 느린 성과를 내며 슬렁슬렁 산다.

우리의 삶은 대체 어디에 있는가?
어디에 두어야 하는가?
말했듯이,
절대적으로 유리한 삶의 조건 같은 건 없다.

하지만 분명한 건,
정육점에 소 한 마리를 걸어둘 때도
부위별로 둔다는 것이다.
통째로 한꺼번에 한 고리에 걸어둘 수는 없다.
버릴 것은 버려야 하고
살릴 것은 살려야 한다.

질문은 아마 이렇게 다시 던져야 할 것이다.

나는,
삶에서 무엇을 버릴 수 있는가?

무엇을 꼭 지키고 싶은가?
대안은 그때에만 효력을 발휘한다.

↑

나는 남편이 목이 늘어난 셔츠를 입은
순간향유능력자가 되길 바랐다.
자투리 시간으로 관계를 유지하려는
그를 좋아할 수 없었다.

그는 자신이 가져다주는 것에
내가 만족하길 바랐다.
자신이 바쁘게 성취해내는 것들을 지지해주고
자투리만 내어주면 나머지 시간은
나 혼자 알아서 잘 지내기를 바랐다.

그러나 나는 '시간'이 몹시 중요한 사람이었다.
서로에게 집중하는 시간이.

어쩌면 이렇게나 맞는 것이 하나도 없을까?
우리는 긴 연애 기간 동안
대체 무엇에 홀렸던 것일까?
도끼로 발등을 찍는 나날이었다.

우리는 한집에 살았지만 다른 곳을 바라보며 살았다.
싸우고 절망하고 화해하고 희망하고 다시 싸우면서
그는 회사로 가 쏟아지는 일을 쳐냈고
나는 길을 떠나 매년 한 권씩 책을 써냈다.

그동안 우리가 수없이 던진 질문은
아마 이것이었을 것이다.

나는,
삶에서 무엇을 버릴 수 있는가?
무엇을 꼭 지키고 싶은가?

수없이 이혼을 내뱉는 경박함과
결코 이혼하지 않는 신중함 사이를
시계추가 무수히 오갔다.

그 세월 동안 우리는
입에 담기도 민망한 미친 짓을 다양하게 했지만
이혼을 말하면서 결코 이혼하지 않는
우리의 선택으로부터
헛되다 말하면서 다시 가족을 꿈꾸는
우리의 번복으로부터
우리가 서로를 버릴 수 없다는 것을 알았다.
그것이 서로를 원한다는 것의

다른 말임을 받아들였다.

그렇다면 원하는 것을 얻는 자들답게
한껏 겸허하게 상대방을 수용하고
나아가 상대방에게 감사해야 함을.

⌂

부딪힘도 간절한 소통이다.
연마되고 벼려진다.

⌂

40대가 된 어느 날,
기나긴 풍랑 뒤 신대륙을 발견한 탐험가처럼,
우리는 서로를 새롭게 발견했다.
세상을 돌아다니며 글을 쓴 나의 메시지와
회사에서 프로젝트를 거듭한 그의 메시지가
제법 많이 유사한 부분을 담고 있다는 것을.

얼마나 다른 분야에서 다른 일을 했든지 간에
비슷한 시간 동안 부단히
풍랑과 싸우며 경험을 쌓은 이들은
세상의 작동 원리에 대해

같은 진도를 빼는 모양이었다.

부딪히면서도 기다렸던 우리는 그 사실에 안도했다.

그때부터 우리가 습득할 것은 오직
싸우지 않고서도 소통할 수 있다는 믿음이었다.
믿음을 토대로 다정하게 말하는 법뿐이었다.
새로운 배우자를 맞이하듯 정결히
서로를 받아들이며
서로 알게 하는 것뿐이었다.

결국 이것이었음을.

내가 지닌 것을,
다른 누군가가 아닌,
너와 나누고 싶었음을.
나는 너를 꼭 지키고 싶었음을.
애초에 너와 나누고 싶어 너를 선택했었고
지금도 너와 나누고자 네 곁에 머물러 있음을.

고통과 노력이 소요되지 않는 관계가 있을까?
타인이 만나 가족이 되는 과정이라면 더더욱.

멈추지 않는 수밖에 없다.

지독한 수공예 작업처럼

하나, 그리고 또 하나씩

직접 손으로 만들어가는 수밖에 없다.

자신에게 맞는

최적의 환경을,

최적의 삶의 방식을,

최적의 반려자를,

그리하여 최적의 가족을.

나는 우붓과 한국을 오가며 살게 되었다.

우붓은 한국에서의 삶이

한국은 우붓에서의 삶이

균형을 잡을 수 있도록 도와주었다.

나는 일하는 방식에 관해서 남편에게 조언을 구했다.

남편은 생활 방식에 관해서 내게 조언을 구했다.

남편은 직급이 올라갈수록 생활을 돌보기 시작했다.

운동으로 몸을 돌보기 시작했고

휴식으로 마음도 돌보기 시작했다.

나는 육아가 줄어들수록 점점 일을 벌이기 시작했다.

'언니공동체'를 만들고 다양한 활동을 기획했다.

많은 동생들을 만나고
서로를 응원하며 함께 성장했다.

⌂

2020년, 부암동에 집을 지어 이사했을 때
진정한 서식지를 찾은 짐승처럼 본능적으로 알았다.
우붓으로 떠나지 않아도 괜찮겠구나.
이것이 나의 진짜 집임을 알았다.
남편도 동시에 그렇게 느꼈다.

주말이면 남편은 아침 일찍
현미밥과 나물 반찬을 차려낸다.
우리는 마주 보고 앉아
조금 헐거운 그 밥상을 맛있게 먹는다.
고봉밥을 먹고 2~3인분의 고기를 뚝딱 하던
나의 남자는 헐거운 밥상 덕분에 가벼워진
몸의 장점을 나열한다.
그리고 목이 늘어진 셔츠를 찾아 입고
운동화를 신는다.

나는 아예 폰을 두고 집을 나선다.
그의 손을 꼭 잡고
부암동 골목을 걷거나 인왕산을 오른다.

어느 골목에 이르러서나
어느 정원의 우뚝한 소나무에 감탄하고
어느 덩치 큰 개에게 사람처럼 말을 건다.
돌아오는 길에는 빵집에서
잠봉뵈르 샌드위치를 사고
통인시장에서는 채소와 생선을 산다.
추억이 많은 동네라 골목마다 할 말이 많다.

"저 집에서 중빈이가 태어났지."

"출산했을 때 어땠어? 나는 의식이 없었잖아."

"애는 너무 예쁜데 한편으로 미운 거야.
 어쩜 그렇게 엄마를 고생시키고 나왔나 싶어서."

"저 집 주인이 3000만 원 더 주고
 아예 우리더러 집을 사라고 한 거 기억나?"

"그럼!"

"그땐 그 돈이 없어서 이사를 가야 했지."

"아이고, 당연하지.
 그때 우리한테 3000만 원이 어딨어?"

"아, 저 담벼락에 햇살 좀 봐!"

"찌찌뽕! 나도 그거 보고 있었는데."

남편은 여전히 때때로
스마트폰으로 업무를 본다.
그럴 땐 걸음을 멈추고 내 손을 놓는다.
폰을 도로 주머니에 넣는 즉시
얼른 내 손을 찾아 쥔다.
그때 그는 "미안."이라고 말하고
연인에게 그러하듯 소중히
내 손을 엄지부터 새끼까지 꼬옥 감싸 쥔다.
그때 나는 세상 멋진 연인에게 그러하듯
살포시 내 남자의 팔에 머리를 기댄다.

월화수목금토일,
우리는 걷는다.

아무것도 없는데
모든 것이 다 있는 곳,

함께한 세월 속을 걷는다.

아들이
떠나는 날

성급히 끝냈다고 생각한 첫사랑은
다음 사랑의 거름이 되었고
가장 실패했다고 확신했던 순간의 기억도
결국은 추억이 되었다.

집이 완성되어갈 무렵,

이사를 앞두고

불필요해진 물건은 없는가 살피기 시작했다.

시작하자마자 알아버렸다.

마흔아홉,

짐을 줄일 수 없는 나이가 되었다는 걸.

40대가 되고부터 사놓고도 쓰지 않을 물건은

사지 않을 줄 알게 되었기에

사실상 늘어난 물건이 없다는 것이

그 첫 번째 이유였고

늘어난 물건이 없는 데 비해

추억은 몇 곱절이나 늘어나서

사실상 버릴 물건이 없다는 것이

그 두 번째 이유였다.

드레스룸 구석에서 튀어나온 유리구슬 하나에도

그것을 소중히 굴리던

아이의 통통한 손길이 기억난다.

15년 전 입었던 레깅스에도

그것을 입고 거닐었던

터키의 올림포스(Olympos)가 생각난다.
그러면 아무것도 버릴 수 없어진다.
나는 종종 아무것도 버리지 못하는
시어머니를 이해할 수 없었다.

이제 그녀를 이해한다.

나 또한 젊음의 강을 건너,
추억이 강물처럼 넘실거리는
그녀의 세상에 발을 들인 것이다.

이 세상은 따뜻하다.
소중하다.
버릴 게 하나도 없다.

⌂
이사 전 정리해야 할 곳 중 으뜸은
베란다 창고였다.

거긴 아이가 초등학교 때 쓴 공책도 있었고
심지어 내가 초등학교 때 쓴 동시집도 있었다.
청소년 시절 첫사랑과 나눴던 연애편지도
떡하니 자리 잡고 있었다.

무엇을 버릴 수 있을까?
성급히 끝냈다고 생각한 첫사랑은
다음 사랑의 거름이 되었고
가장 실패했다고 확신했던 순간의 기억도
결국은 추억이 되었다.

그 '전이'의 과정과 의미를 알게 된 이상
정리할 것을 따로 찾는 건 불가능해진다.

늘 조금 지저분하고
늘 조금 고집스러운
우리 시어머니의 창고처럼.

창고에서 손 편지 상자를 열며
속으로 말했다.

'열지 마! 여는 순간 오늘 하루 순삭이야! 일해야지!'

그런데 열었다.
(손 편지 상자를 안 열어볼 수 있는 분이 계시면
제게 비결을 알려주세요. 제발.)

손 편지에는 저마다 체온이 있다.
미열이 있다가

차갑다가

고열이 끓다가.

저마다 뒤척이고 꿈틀대고 소리를 낸다.

그 뒤척임을 하나하나 읽으며

살아 있는 필체의 결에 살갗을 대다가,

결국 보고야 말았다.

훅, 울음을 몰고 온 그 편지.

…내 인생에서

앞으로 너만 한 여행 친구를 찾지는 못할 거야…

내가 아들에게 쓴 편지였다.

아들이 떠나는 날에.

〜

그런 날이 올 줄은 알았다.

언젠가 다 큰 아들에게 '잘 가라' 말할 날이.

그것은 울 일이 아니고 축하할 일이니

그런 날이 오면 울지 말고 축하해줘야지,

숱하게 생각했었다.

그런데 막상 그날이 되자

대체 내가 알지 못하는

어느 마음 방구석에 쟁여두었던 것일까.

한없이 눈물이 쏟아졌다.

그날 우리는 발리 우붓에 있었다.

아들은 페르마타 하티 보육원 아이들과 캠핑을 갔고

저녁에 돌아오면 밤 비행기를 타고

혼자 한국으로 돌아갈 예정이었다.

나는 우붓에 남을 것이었고

아들은 한국에서 인턴 생활을 시작할 것이었다.

고등학교를 졸업하고 대학에 입학하기 전

세 달간, 진짜 사회생활을.

캠핑을 떠나기 전,

보육원 원장 아유는 눈물을 글썽이며 말했다.

"내일 공항에 JB는 내가 데려다줄 거야.

데와, 아궁, 누라, 다 같이 데려다줄 거야.

너는 내가 공항에 안 데려다주더라도

JB한테는 꼭 그렇게 해주고 싶어.

이제 JB는 못 올지도 모르잖아.

내년에는 군대도 가야 한다며.

군대에 안 가면 감옥에 간다며?

그리고 취직을 하면 JB 아빠처럼 바빠지는 거잖아.

결혼하고 아이가 생겨도 이런 데는 오기 힘들 거고…"

'JB는 보육원에 같이 와줄 여자랑 결혼할 거야.
아이가 생겨도 꼭 여기로 데려올 거야.
여기 친구들에게 자기 가족을 소개하고 싶어서
본인이 안달일 걸?
늘 그렇게 얘기해. 여기가 자기 세컨드 홈이라고.'

나는 그 말을 해주고 싶었지만 하지는 않았다.

이제 아들의 미래는 내가,
때로는 자신도 알 수 없는 선택의 연속일 것이므로.
아들의 미래에 대해
내가 그 어떤 계획을 세울 수 없음은 물론,
아들이 세운 계획을 나와 공유하지 않겠다고 해도
나는 할 말이 없는 사람이 되는 것이다.

아들의 인생은 이제 온전히 아들의 것이었다.

그날 저녁,
아들이 캠핑에서 돌아오면
나는 스테이크집에 데려가기로 마음먹었다.
우붓에서는 만 원이면 허브 버터를 곁들인
훌륭한 스테이크를 먹을 수 있지만,
게다가 스테이크는
아들이 가장 좋아하는 음식이지만,

우붓에 올 때마다
나는 아들을 그곳에 잘 데려가지 않았다.
아들이 보육원에서 몇 시간씩 땀을 흘린 날에도
슬쩍 "다음에." 하고 미루곤 했다.

조금 전까지 아이들과 정말로 좋은 시간을 나눈 뒤에
보육원을 나서자마자 곧장
다른 아이들은 가질 수 없는 것을
아들만 갖게 하는 것이 꺼려졌기 때문이다.

나는 내내 그런 엄마였다.
진실함, 노동, 나눔의 의미에 강한 방점을 찍었다.
많은 순간, 아들은 내가 답답했을 것이다.
그저 참아주었을 것이다.

사춘기 이래로, 나는 늘
내가 참아주고 기다려준다고 생각했지만
사실 부모가 '참아주고 기다려준다'는 표현은
우스운 것이다.

무엇을 참고 기다리는가?
자식이 내가 바라는 대로 되기를?
애초에 불가능하고 어리석은 '유예'다.
아들이 자란 세계는 내가 자란 세계와 다르다.

그가 살아갈 세계도 내가 살아갈 세계와 다르다.
아들은 내가 바라는 이상과 다른
자신만의 이상으로 살아갈 것이고
그것만으로도 충분히 벅차고 피곤할 것이다.
뜻대로 되지 않는 자신을 붙잡고
때때로 좌절하고 때때로 성공할 것이다.

이미 살아본 그 맥락을 잘 알면서
참아준다고 기다려준다고 으름장을 놓았다.
조금 살아보았다고 아들 곁에서 안절부절했다.
짬짬이 내가 아는 부스러기를 내밀었다.
보호한다고 강요했고 가르친다고 멱살을 잡았다.

부모라는 집단은
숙명적으로 '보수' 집단이다.

숙명적으로 '보수'였던 미안함으로
미처 알지 못했던 방구석에 들어가
쟁여두었던 눈물을 모조리 닦았다.

참회하는 마음으로
무릎을 꿇고 구석구석 깨끗이 걸레질했다.
열심히 닦고 또 닦으며
아들과 함께한 날들을 되돌아보았다.

아들이 처음 3.0킬로그램으로 내게 온 그날부터.
"음마!" 처음 부른 그날부터,
처음 다섯 발자국을 걸은 그날부터,
내가 아무리 초라한 날에도
"엄마, 사랑해." 말해주던 날들도,
세 발에서, 네 발로, 다시 두 발로,
숨차게 함께 달린 자전거길도,
내 키를 앞지르던 열한 살의 봄날과,
방에서도 이어폰을 끼고 앉아
'보수'의 말에 대항하던 열다섯 살을,
그리고 종종 어른의 눈빛을 하고
마주 앉아 고개를 끄덕이는 지금, 열아홉을.

우리는 수많은 산과 강을 넘었다.
표현으로서의 산과 강이 아니라,
정말로 오대양 육대주의 수많은 산과 강을 넘었다.

그날 아들에게 나는 편지를 썼다.

내 인생에서
앞으로 너만 한 여행 친구를 찾지는 못할 거야.
그토록 순수하고
그토록 활기차고

그토록 사랑이 많았던
내 최고의 여행 친구.

네가 내 인생으로 들어와주어서
엄마는 엄청나게 커버렸다.
그 성장을 잘 감당할 때도 있었지만
네가 이미 눈치 챘다시피,
'어른 노릇'이 힘들어
네 앞에서 한계를 드러낸 적도 많았지.

좋은 밥과 편안한 잠과
깊은 포옹만 주면 되었을 텐데
그보다 더 많은 게 필요한 줄 알고
어리석게 많이도 뛰어다녔다.

엄마의 분주했던 어리석음일랑 잊고
좋은 기억만 가져갈 수 있다면.

네가 그럴 수 있다면.

네가 떠나고 나면
엄마는 다시 작아지겠지.
24시간 어른이 아니어도 되는
편안함으로 살아갈 거야.

간혹 내가 철 지난 농담을 하거나

간단한 셈을 틀리거나

소중한 것을 깜빡깜빡 잊어도

지금부터 너는 너른 마음으로 이해해주렴.

이제는 네가 어른이 될 차례니까.

'엄마'라는 거대한 이름을

나처럼 작은 사람에게 선사해주어서

고마웠다.

사랑한다.

마음의 모든 방을 비우며,

2019년 6월 17일

엄마가

눈물이 숨겨진 최후의 방까지 모두 닦은 뒤,

아들이 캠핑에서 돌아오기 전

세수하러 갔다.

아이를 키우는 동안 참 많은 날을

울다가도 아이가 올 시간에는 일어나 세수를 했다.

말간 얼굴로 아이를 맞았다.

그때 내게 뛰어들어와 안기는 아이는

언제나 향기롭고 보드랍고 싱그러워서
환한 태양처럼
방금 내가 울던 자리에 빛을 비췄다.

덕분에
슬픔에도
절망에도
함몰되지 않고
오늘까지 살아왔다.
그러니 오늘,
아들 앞에서는 울지 않을 것이다.

세수하면서 다짐했다.
축하만 해줄 것이다.
감사만 할 것이다.
큼직하게 스테이크를 썰어 먹어야지.
우리는
또,
잘,
살아갈 것이다.

᠕

아들이 돌아왔고 스테이크집에 갔다.

주문을 마치고 편지를 내밀었다.

아들은 의외라는 듯 눈썹을 올렸고

빠른 속도로 읽어 내려갔다.

(인석아, 그게 그렇게 빨리 읽으면 안 되는 편지란 말이다!)

그러더니 다시 눈썹을 올리고 가볍게 말했다.

"고마워, 엄마. 걱정 마, 엄마."

그러고는, 믿을 수 없이,

스마트폰에 고개를 처박았다!

내가 제 아비에게 질리고 질렸던

바로 그 행동을!

이 잔인하고 야만적인 감동 파괴자들!

창고에서

울다가 웃다가

편지함을 닫았다.

옆에는 또 다른 편지함이 있었다.

열어보니,

90년대에 남편과 나눴던 연애편지들이다.

우리는 무려 8년이나 연애했다.

그 긴 시간 내내 나는 툭하면 편지를 썼다.

남편은 내가 헤어지자고 할 때마다

두꺼운 공책 하나 가득

헤어지면 안 되는 이유를 장렬히 써오곤 했다.

그 편지함을 얼핏 들여다보니

'나 2층 창가 자리에 있어' 같은,

대학 도서관 입구에 붙였던

사소한 메모까지 보관되어 있었다.

으악!

닫아!

어서!

손 편지 상자를 안 열어볼 수 있는 분이 계신다면

꼭 좀 제게 연락을 주세요.

제발.

거인의
정원

공간의 가장 멋진 쓰임새는
공유하는 것이다.
모두가 들어올 수 있게 열어두고
그 안에서 저마다 자유로이
시간을 가꾸게 두는 것.

전월세살이를 겪어본 사람이라면
누구라도 한 번쯤 높은 곳에서 도시를 내려다보며
서러움에 빠져보았을 것이다.

"이렇게나 집이 많은데 내 집이 없나?"

계룡산에서 신혼(이자 남편의 군 복무)을 마치고
서울로 올라왔을 때 우리도 마찬가지였다.
아무리 집에 대해 소박한 기준을 지녔어도
마음에 드는 집은 언제나 몇백이 모자랐다.

더 시간이 흐르고 나서는,
언제나 몇천이 모자랐다.

역세권을 좋아한 것도
유명 브랜드 아파트를 좋아한 것도 아닌데
손에 쥔 것 없이 시작한 우리에게는
어떤 집이든,
반드시 모자랐다.

남편은 나와 아이를 안전한 집에 넣어두고
맘 편히 일하러 나가고 싶어 했다.
실제로 우리가 전전한 전셋집 가운데에는
옆방에서 조현병 환자가

밤새워 울부짖던 곳도 있었고
냉골에 아기와 있는데 빙판길이라
등유가 배달되지 않던 집도 있었다.

그런 날,
출근하는 그의 발걸음은
얼마나 무거웠을까.

그래서
높은 곳에서 서울을 내려다볼 때마다
남편은 한탄했다.

"이렇게나 집이 많은데 내 집이 없나?"

나는 옆에서 위로했다.

"저렇게나 집이 많은데 들어갈 집 하나 없겠나?"

그리고 '이상적인 세상'에서나 통할 법한
나만의 바람도 덧붙였다.

"집을 가진 사람들이 방 하나씩만
 집 없는 사람들과 나눈다면
 집 없는 사람들이 정말 많이 줄어들 텐데…."

지난해 겨울,

부암동 집이 완성되고 우리가 입주하기까지

보름 정도의 공백이 있었다.

관리소장은 보일러가 잘 가동되는가를 확인하고

바닥도 말릴 겸

공백 기간에 보일러를 풀가동시켜야 한다고 했다.

뜨끈뜨끈하지만 텅 비어 있는 집에 들어선 날,

바깥은 유난히 추웠다.

나는 또다시 남편에게

'이상적인 세상'의 바람을 내비쳤다.

"지금 서울역에 가서 노숙인들 이리 데려오면 안 될까?"

새집을 점검하던 남편이

어이없다는 듯 나를 쳐다봤다.

"보일러는 혼자 돌아가는데 밖은 너무나 춥고.

욕실에서 온수도 잘 나오잖아…."

"알지도 못하는 사람들을 어떻게 들여?"

"어차피 빈집이니까."

"너무 순진한 거 아냐?
 그중엔 알코올 중독자도 있고…
 아무 데나 볼일을 볼 수도 있어."

"왜 꼭 그렇게 생각해?
 남의 집이니까 조심해서 더 잘 쓸 수도 있지.
 그리고 입주 청소 할 거니까 그래도 난 괜찮아."

나를 잘 아는 남편은 할 말은 많지만
차마 할 말을 고를 수 없다는 표정으로
힘겹게 나를 쳐다보다 긴 숨을 쉬었다.

"더 얘기하지 말자. 이번엔 내가 싫어."

남편이 저토록 싫다면 하지 말아야겠지.
집이 있을 때나 없을 때나 나의 이상적인 세상은
번번이 서울역뿐 아니라 아프리카까지 뻗쳤고
그런 내가 인세를 뭉텅이로 뽑아
후원을 하든 봉사를 하든
남편은 일관되게 존중하고
때로 존경까지 해주었기 때문이다.

그에게는 집이 오랜 꿈이었고
그 꿈을 이루기 위해

계산이라곤 못하는 마누라 옆에서
스무 해 넘도록 발바닥에 땀 나게 뛰었는데
이제 막 꿈에 첫발을 디디려 하는 찰나에
누군가 오줌을 먼저 싼다면
그래, 싫을 것 같다.

마누라는 입을 꾹 다물었다.

서울역만큼은 아니어도 1층만큼은
'자유롭게' 사용하라고 먼저 제안한 건 남편이었다.
"남자만의 동굴이 필요해."라거나,
"월세 받아야지 뭔 소리야?" 하지 않고

자유롭게.

덕분에 나는
공유 공간을 만들 용기를 내어볼 수 있었다.
아이디어는 쑥쑥 발전하여
'부암살롱'이라는 여성들의 문화 공간이 탄생했다.

집이 완성되기 직전,
나는 《엄마의 20년》을 출간했다.

그 책에서

양육과 분리된 자신만의 세계를 잘 가꾸는

여성으로 사는 법을 제안했다.

여성들이 실제로 그것을 실천할 수 있게 돕는

온라인 카페 '언니공동체'도 열었다.

언니공동체 회원들은 달리기, 뜨개질에서부터

영어 공부, 악기 연주, 철학서 읽기까지

다양한 공동체를 만들어 부지런히 활동하고 있다.

'언니 힘! 페스티벌'을 열어,

갈고닦은 활동들을 상품으로 판매도 한다.

직접 손뜨개 한 가방을 내놓거나,

연주회를 기획해 티켓을 파는 식으로.

수익금 중 일부를 차곡차곡 기부하여

발리 우붓에 '미라클하우스'라는

여성들을 위한 돌봄 쉼터도 마련했다.

부암살롱은 점차

공동체의 오프라인 아지트가 되었다.

북토크, 요가 수업, 글쓰기 모임 등이 열리는 날,

살롱 문틈으로 새어 나오는

웃음소리를 들을 때면,

나는 행복해진다.

아들이 어렸을 때 올망졸망한 친구들을 초대해
방에서 까르륵 웃고 소곤대던 그날처럼
문밖에 그대로 멈춰 서서 잠시 미소를 짓는다.

관계에 대한, 그리고 공간에 대한
가장 멋진 정의는
오스카 와일드가 《거인의 정원》이라는 동화 속에
오롯이 담아놓았다.

담을 허물고 더 많은 아이들을 들일 때
비로소 황량한 정원에 꽃이 핀다.

건물주가 가장 부러움을 받는 시절이라지만
임대란,
공간과 매우 하등한 관계를 맺는 방식이다.
돈 하나를 얻고 나머지를 다 잃는 방식.

공간의 가장 멋진 쓰임새는
공유하는 것이다.
모두가 들어올 수 있게 열어두고
그 안에서 저마다 자유로이
시간을 가꾸게 두는 것.

그럴 때 공간은 무한한 창조의 인큐베이터가 되고
공간과 관계 맺는 사람들(집주인까지!)은
서로에게 영감자들이 된다.
영감이 현실이 되는 것은
모두의 협조로 가능해지며
새로 일군 현실에 대한 보상은
모두의 것이 된다,

살롱을 드나드는 동생들로부터
나는 언제나 내가 모르던 것을 배운다.
그들의 도움으로부터
내가 해낼 수 없다고 생각했던 것들을 해낸다.
그들도 마찬가지일 것이다.

⌂

집을 짓기 전,
시간을 내어 사람을 만나면
그 사람이 나를 반드시 더 넓은 세상으로 이끌었다.

집을 지은 후,
공간을 내어 사람을 들이니
그 사람이 공간 안으로
저 넓은 세상을 가지고 들어왔다.

젊어서는
시간을 내어 많은 사람을 만날 일이고
나이 들어서는
집 안으로 많은 사람을 들일 일이다.

혼자는 누구도 행복할 수 없다.
혼자는 무엇도 잘 해낼 수 없다.

그런데 공간을 나누는 것은
집이 있어야만 가능할까?

우붓에서 두 달간 머물던 어느 날,
나는 날짜를 잘못 계산하여
내일 당장 출국하지 않으면
비자에 문제가 생긴다는 것을 알았다.
건망증 심하고 계산까지 어두운 나 같은 사람은
종종 그렇게 어이없이 황급해지곤 한다.
나는 페르마타 하티 보육원으로 오토바이를 몰았다.

"아유, 네게 선물을 주고 싶어. 받아줄 거야?"

"뭔데?"

"아궁(아유의 아들)과 호텔에서 5박 하지 않을래?
물론 5성급 호텔은 아니야. 3성도 안 될 거야.
아니, 내 말은, 어쩌면 별 같은 건 없을 거야….
하지만 조식도 나오고 수영장도 좋아."

나는 비자 문제로
일찍 돌아가게 된 상황을 설명했다.

"그럼 환불받지 그래?"

"웹사이트에서 최저가로 결제한 거라 환불 불가야."

"아… 큰일났네!"

"아유, 들어 봐. 오히려 환불 불가라서 난 기뻐.
덕분에 너와 아궁에게
이렇게 좋은 선물을 할 기회가 생겼잖아.
호텔에는 네가 내 소중한 친구란 것과
얼마나 훌륭한 보육원 원장인지를 소개해두었어.
그들도 허락했어.
지금 아궁에게 집에 가서 수영복을 챙기라고 해.
네 것도.

냉장고에 네가 마실 맥주를 채워놓았어.

마침 내일부터 주말이야.

이제부터 너는 다 잊고 쉬는 거야.

정말로 오랜만에. 네게는 그럴 자격이 충분해."

"오… 오… 소희… 정말 고마워.

호텔에서 일하는 게 아니라

호텔에서 손님으로 묵는 거란 말이지?

믿기지 않아…"

보육원 일을 하기 전, 아유는 호텔에서 일했다.

보육원 아이들도 95프로 이상이 호텔에서 일하게 된다.

그날 밤, 공항으로 나를 데려다주면서

아유는 그 사이 부지런히 세워둔 계획을 들려주었다.

"매일 밤 다른 사람들을 초대할 거야.

모두 내가 평소에 신세를 진 사람들이야.

고마움을 표현하기에 이보다 좋은 기회가 어디 있겠어?

보육원 아이들도 데려갈 거야.

호텔에서 손님이 되어본 경험이 없으니

아이들이 얼마나 좋아할지 눈에 선해!"

아유는 종달새처럼 종알거렸다.

매 순간 나눔을 생각하는 아유 덕분에

나는 졸지에 산타클로스가 되었다.
아유가 느끼는 그 행복은
내가 더 이상 느낄 수 없는 종류의 행복이다.
내게 그 호텔은
최저가 치고 실속 있는 호텔이었을 뿐이었다.
멍청한 비자 실수 때문에 포기해버릴 수도 있는.

하지만 아유는 나의 실수를
최대 다수의 최대 행복으로 치환시켜주면서
내가 그녀에게 안긴 것과 전혀 다른,
그러나 그 이상의 행복감을 내게 돌려주고 있었다.
그녀 자신,
내게 선물을 해준다는 것조차 인식 못 하면서.

⌃

며칠 뒤, 아유가 메일을 보내왔다.

Dear Sohi

네 멋진 선물에 정말 감사하고 있어.
하루하루 모든 순간이 꿈만 같아.
첫날 밤, 나는 오빠 딸 디디를 데려왔어.

(싱글맘 아유는 부모님과 오빠가 같이 사는 친정집에 얹혀살고 있다.)

디디는 호텔에서 자는 걸 정말 좋아했어.

다음 날 우리는 푸짐하고 영양 가득한 조식을 먹었어.

둘째 날, 하티 아이들에게 춤을 가르쳐주는

교사 수디와 딸을 데려왔어.

그들도 호텔에 묵는 것을 너무 좋아해서,

수디는 일거수일투족을 동영상으로 찍었어.

그녀의 딸은 조식을 배불리 먹고

수영하며 신나게 놀았어.

셋째 날, 하티의 두 소녀들 알라와 윈디를 데려왔어.

아이들은 호텔의 큰 방에서 자는 걸 정말 좋아해서,

방 구석구석을 사진으로 담았어.

나는 아이들에게 달걀을 선택하는 등

조식을 주문하는 법을 가르쳐준 뒤에

둘이 알아서 한번 해보게 하고 호텔을 나왔어.

(조식은 2인분만 포함되어 있다.)

아이들은 조식을 먹은 뒤에 수영도 했대.

넷째 날은 하티의 소년들

메기, 덱데, 아궁을 데려갈 거야.

내일은 보육원에 일정이 없기 때문에

약간 일찍 호텔로 가서

수영도 하고 쉬면서 오후를 보낼 거야.

마지막 날인 다섯째 밤에는 또 다른 하티의 소녀들

부디와 덱일로를 데려갈 거야.

우리는 아주 멋진 시간을 함께 보낼 거야.

맥주는 오늘 밤 마실게.

고마워, 소희!

글쎄 내가 널 공항에 데려다줄 때

선물을 준비하고서는 도로 들고 왔지 뭐야.

(아유와 나는 닮은 구석이 참 많은 친구다.)

미안, 미안.

곧 다시 만날 날을 기다리며,

사랑해.

아유가

메일을 읽고 나는 생각했다.

좋은 관계를 유지하는 건

솜인형을 만드는 과정과 같다고.

누군가의 부족함을 사랑으로 꽉꽉 채워 넣어서

그를 더 큰사람으로 만들어주는 일.

좋은 공간을 유지하는 것도
솜인형을 만드는 것과 크게 다르지 않다.

작고 평범한 공간을
연대의 손길로 꽉꽉 채워 넣어서
더 많은 이들의 가슴속에 자리 잡게 하는 일.

살롱의 열다섯 평 남짓한 실내는
언제나 어여쁜 동생들로 넘쳐난다.
무엇이라도 가진 것이 있으면
"언니!" 하고 들고 와 해맑게 나눈다.

대단히 가진 것은 없지만
부끄럼 없이 내가 선뜻 그러는 것처럼.

함께할 수 있어,
참 감사한 인생이다.

오빠야
말달리자

오빠가 말을 이끌었다.
어둠이 온전히 내렸다.
나는 마장 안을 몇 바퀴 뱅뱅 돌겠거니 했다.
그런데 오빠가 숲으로 말을 이끌었다.

두 살 터울의 오빠가 있다.

순하고 조용했다.

잘 안 먹고 자주 아팠다.

희고 가느다란 종아리가 여성적이었다.

내가 태어났다.

시끄럽고 활발했다.

잘 먹고 안 아팠다.

검고 단단한 종아리가 남성적이었다.

귀한 음식은 우선 아들에게 내밀어졌을 텐데

오빠가 먹기 싫다 하면

내가 달려들어 답삭 먹었다.

나는 그저 잘 먹고 잘 자라는

아이의 소명을 다할 뿐인데

대번에 2대 독자인 오빠를 위협하는 존재가 되었다.

할머니의 미움을 온몸으로 받았다.

엄마가 없을 때면

"지 오라비 잡아먹을 년!"

할머니는 나를 이유 없이 쥐어박았다.

다행인 건, 그게 그냥 늙은 할머니였다는 것이다.

젊은 엄마가 아니라.

할머니는 곧 돌아가셨다.

나는 엄마에게 코알라처럼 달라붙어

"엄마 냄새가 세상에서 제일 맛있어!"

수시로 고백하는 귀여운 막내가 되었다.

아빠는 교수셨다.

집에는 학생들이 제출한 리포트가 쌓여 있었다.

오빠와 나는 그 이면지를 활용해

날마다 그림을 그렸다.

방문을 열면 두 남매가

팬티 바람으로 배를 깔고 누워

나란히 그림을 그리는 풍경,

매일이었다.

내가 사람을 그릴 때 오빠는 동물을 그렸다.

사자도 그리고 코끼리도 그렸지만

특히 말을 자주 그렸다.

종이에서 벌떡 일어나 움직일 것처럼 잘 그렸다.

'동물의 왕국'을 제일 좋아했던 오빠에게는

신묘한 재주가 있었는데

길에서 만나는 개든 고양이든

오빠 손이 닿으면 온순해지는 것이었다.

오빠는 동물들과 대화하는 사람 같았다.

나는 툭하면 오빠에게 말을 태워달라고 했다.

그럼 착한 오빠는 언제라도 엎드려 등을 내주었다.

빼빼 마른 몸에 투실투실한 나를 태우고서

누런 방바닥을 "히힝! 히힝!" 소리 내며 돌아주었다.

남성 중심의 한국 사회에서

아빠는 자주 독재자로 군림했지만

오빠는 터럭만큼도 내게 '오빠질'을 하지 않았다.

언제나 따스하고 부드러운 사람이었다.

내 유년의 둘도 없는 단짝이었다.

2대 독자에게 기울어진 집안의 기대는 혹독했다.

오빠는 집에서 점점 더 말수가 줄었다.

자신의 재능을 숨기는 사람이 되어갔다.

어차피 오빠가 지닌 재능이라는 것은

획일적인 입시 제도하에서

주목받을 재능도 아니었다.

어렵사리 연결 짓자면

수의학과 정도가 있었겠으나

색맹이었던 오빠에게는

그마저도 불가능한 선택이었다.

오빠는 수학과를 선택했고

수학보다는 아이들을 좋아해서

수학 강사를 시작했다.

오빠네 네 식구가 제주도에 내려가 살겠다고 했을 때
나는 참 어울리는 선택이라고 생각했다.
평화로운 오빠와 호전적인 서울은
어울리지 않았다.

육지에서 온 낯선 가족을
섬사람들이 갑자기 환영했을 리가.
그래도 오빠는 제주에서 자리를 잡을 때까지
서울의 가족들에게 아무런 어려움도
호소하지 않았다.

몇 년이 지난 어느 날,
"이제 살 만해졌다."고 오빠가 말했다.
그리고 승마를 배우기 시작했다.
나는 그 또한 참 어울리는 선택이라고 생각했다.

말을 타기 시작한 오빠는 달라졌다.
새벽같이 일어나 말과 시간을 보내기 시작했다.

이전에 오빠는 밤에 학생들을 가르치고,
야식을 먹고, 컴퓨터와 놀다, 새벽에 잤다.
배가 많이 나왔을 뿐 아니라
각종 건강 지표도 좋지 못했다.

어찌 보면 매우 평범한 한국의 중년 남자였다.
아들로서의 과도한 중압감에 시달리고,
아둔한 교육 제도의 피해자인.
그래서 인생 퍼즐의 소중한 몇 조각을
끝끝내 못 찾아 아쉬워도
원래 못 찾는 것이려니 공허한 채로 나이 드는.

그런데 오빠가 승마를 배우기 시작하면서
그때까지의 '참 어울리는 선택'들이
끝끝내 못 찾았던
마지막 퍼즐 조각들이 되기 시작했다.
제주라는 조각 하나,
승마라는 조각 하나,

그러면

'다음 조각은 어디에 있을까?'

이때부터 나는 오빠의 움직임을
흥미롭게 바라보았던 것 같다.

만날 때마다 오빠의 배가 들어갔다.
점점 얼굴에 활기가 돌았다.
오빠는 차분히 외압을 거슬러 오르는 연어 같았다.

애초에 결연한 투쟁도 없었고

비장한 계획도 없었다.

그저 오빠답게 천천히 조용조용

하루하루 살아내며 제 갈 길을 갈 뿐인 역류.

역류하면서도

그것이 역류임을 의식하지 못하는 역류.

⌂

오빠는 나와 얼굴만 마주하면

말을 타고 숲과 들판을 달리는 기쁨에 대해 말했다.

그 기쁨을 내게도 알려주지 못해 안달했다.

오빠 말을 가만히 듣고 있노라면

대한민국에서 말을 타고

숲과 들을 누비며 사는 것은

몽골에서보다 더 쉬운 일인 것 같았고

그러지 못하고 사는

도시 사람들만 불쌍한 것 같았다.

오빠네 집은 제주에서도 오지에 있다.

사람들이 제주도에 그다지 관심이 없었을 때

마당이 넓고 낡은 시골집을 저렴하게 샀다.

거실엔 새언니와 아이들이 즐겨보는 책이 가득했다.

마당엔 새언니가 가꾸는 초목이 가득했다.

거기서 뛰노는 조카들은 시골 아이들답게
얼굴이 새카맸다.
함께 뛰노는 개들은 볼 때마다
개인지 늑대인지 헷갈렸는데,
집 뒤쪽으로 뚫린 숲을 돌아다니며
꿩을 예사로 잡아왔기 때문이다.

말에 대한 오빠의 사랑은 점점 지극해졌다.
말을 키우고 싶다고 했다.
마당이 넓으니 집에서 한 마리쯤.

얼마 뒤 오빠는 실망스러운 어조로 말했다.

"말은 개처럼 집에서 키울 수 없는 동물이더라고.
꼭 필요한 장비나 시설이 너무 많아서
그런 걸 갖추지 못하고 키우면
말에게 미안한 일이겠더라고."

그래도 개를 키우고 싶은데
부모 허락이 떨어지지 않는 아이처럼
몇 년씩이나 미련 많은 어조로 중얼거렸다.

"정말로 말을 키우고 싶은데…."

⌂

몇 년 뒤, 오빠가 말했다.

"마장을 인수했어!"

그건 의외로 돈이 많이 드는 일이 아니라고 했다.
년세 2000만 원으로 얻을 수 있는 마장도 많다 했다.
대신 말을 돌보는 데
나날이 돈과 노력이 드는 일이라고 했다.

오빠에게서 말 냄새가 나기 시작했다.
구수했다.
오빠의 옷은 언제나 흙이 묻어 있었다.
보기 좋았다.

중년에 직업을 바꾸는 일이 쉬울 리가.
그래도 오빠는 점진적으로 강의를 줄였다.
이번에도 자리를 잡을 때까지,
서울의 가족들에게
아무 어려움을 호소하지 않으리라는 걸 안다.

⌂
한편,

제주로 간 새언니 얼굴에는 기미가 가득했다.
마당의 풀은 뽑아도 뽑아도 새롭게 자랐다.
두 조카가 커갈수록
새언니는 교육적 혜택이 적은 곳에서
아이들 교육에 신경 쓰느라 늘 힘겨워했다.
종종 우울증에도 시달렸다.
오빠는 그런 새언니를 자꾸 꾀었다.

"인생 별거 없다. 쟤들은 지들이 알아서 큰다.
우린 말이나 타자."

새언니는 그런 오빠를 갑갑해했다.

"저렇게 속없이 한번 살아봤음 좋겠다."

그러던 새언니에게
첫째 조카의 사춘기가 다가왔다.
마당에서 늑대의 정체성을 지닌
개와 뛰놀던 소녀답게
조카는 '알아서 살 테니 건들지 마' 주의였다.
숏커트를 치고
페미니즘에 열광하고
영화를 찍어 주연 배우와 감독을 겸하고
탁구를 선수급으로 쳤다.

맹렬히 딸의 사춘기를 겪던 새언니가
어느 날 오빠 말을 따라 했다.

"지가 알아서 크겠지."

그리고 말을 타기 시작했다.
새언니에게서도 구수한 냄새가 나기 시작했다.
오빠보다 빠른 속도로, 거의 폭발적인 힘으로,
새언니는 승마에 빠져들었다.

올해 초, 첫째 조카가 고3이 되는 해에
오빠 내외는 놀라운 소식을 전했다.
제주의 한 대학 마사학부에
함께 입학했다는 것이다.

나는 알았다.
그것이 세 번째 퍼즐 조각이라는 것을.

두 중년 신입생은
성적표를 마구 A로 깔기 시작했다.
부부장학금을 받기 시작했다.

고작 한 학기를 마치고서
오빠가 알찬 소감을 전했다.

"나 대학교 4년 동안 받았던 학점
다 합친 것보다 이미 더 좋아."

고작 1년을 마치기도 전에
새언니도 알찬 결실을 전했다.

1학년으로서는 유일하게 승마 관련 자격증 3개의
모든 필기시험을 일사천리로 통과했다는 것.
과에서 졸업을 앞둔 선배들이나 도전하는 시험들을.

〈도깨비〉의 공유만 가슴에 칼을 품은 게 아니다.
중년에게는 못다 한 꿈이 가슴에 품은 칼.

뽑아서 열정으로 휘두르는 자,
청춘을 이긴다.

청춘에게 꿈과 열정은 기본값이지만
중년에게 꿈과 열정은 초능력이니.

얼마 전

오빠가 새로 이전한 마장에 들렀다.

나는 제주에 막 도착해 스쿠터를 렌트한 상황이었고

사위도 어두워지고 있었지만

수화기 너머의 오빠는 내가 당장,

다른 일정 다 젖히고 마장부터 들르지 않으면

삐칠 태세였다.

네비에 '아덴힐 리조트'를 찍고 한림까지 갔다.

마장은 리조트 안쪽 깊숙한 곳에 위치해 있었다.

'저 푸른 초원 위에 그림 같은 집'처럼

언덕 위에 하얀 마구간이 서 있었다.

오빠는 동생에게 얼른 자신의 말들을

보여주고 싶어서 안달 났다.

서두르며, 하지만 자상하게

내 발에 맞는 부츠와 바지를 찾아주었다.

하지만 나는 마장 오픈을 축하하는 마음 외에

딱히 다른 기대를 갖고 있지는 않았다.

초보인 내가 오빠처럼 말을 타고 숲을 누비긴 틀렸고

마장 안을 뱅뱅 도는 체험쯤이야

다른 곳에서도 여러 차례 해봤기 때문이다.

그때까지,

나는 오빠가 어떤 것을 준비해두었는지

짐작조차 하지 못했다.
옷을 갖춰 입고 마구간에 들어서니
말들이 저마다 고요하다.
창밖을 내다보는 말도
그저 우두커니 서 있는 말도.

말을 볼 때마다 느끼는 거지만
인간이 타기에는 너무 훌륭하다.
출중한 다리 근육 하며,
산맥처럼 유장히 흐르는 등선 하며,
거기 빛으로 물결치는 갈기 하며….
외모로 본다면 말이 인간 위에 올라타는 게 맞다.
물론 그런저런 생각을 내뱉지는 않았다.
그 공간에서는 언어가 불필요했다.
'아무 말을 하지 않고도' 장시간 완성되는
동물 특유의 평화가
그들의 거처에 들어선 나에게까지 스며들었다.

오빠는 한 마리씩 일일이 어루만지며 온몸을 살폈다.
말은 극도로 예민하고 세심한 보살핌을
필요로 하는 듯했다.
그래서 모두 오빠의 보살핌을 좋아했다.

오빠가 말을 바라보는 눈길이,

말들이 오빠를 바라보는 눈길이,

오빠가 말들을 어루만지는 손길이,

말들이 오빠의 손길에 기대는 몸짓이,

달랐다.

오빠는 그중 한 마리를 골라 마구를 씌웠다.

"얘가 네게 가장 잘 맞을 거야."

내가 말 위에 올라타자,

오빠가 말을 이끌었다.

어둠이 온전히 내렸다.

나는 마장 안을 몇 바퀴 뱅뱅 돌겠거니 했다.

그런데 오빠가 숲으로 말을 이끌었다.

한여름의 숲이었다.

잎사귀들이 가장 두툼해진 때.

나무와 나무가 서로 끌어안듯 밀치듯

최고조의 밀도로 붙어 서 있고

꽃들은 스트레칭 하듯

꽃잎을 끝까지 힘주어 벌리는.

그런 날들의 숲이었다.

그런 날들의 숲의 밤이었다.

그런 숲을 들어가본 게 언제였더라?

있기는 있었나?

사바나의 텐트에서 밤을 보낸 적은 있다.

아마존의 숲속 로지에 묵은 적도 있다.

하지만 그런 날 밤에도

숲에 들어갈 생각은 못 했다.

더구나 말을 타고.

순식간에

매우 낯선 시공간으로 이동했다.

밤의 숲은,

소리로 말했다.

바닥에 떨어진 가지들이 말발굽에 밟혀

사정없이 잘게 부서졌다.

딱, 따닥, 타닥,

모닥불이 타는 소리처럼.

스타카토가 많은 음악처럼.

그때마다 맹렬히 깨어나는 풀벌레 소리,

바스락, 보이지는 않지만
어딘가 또 다른 짐승이
숨어서 황급히 이동하는 소리.

밤의 숲은,
향으로 말했다.

어디선가 버섯 향기,
수십 겹 나뭇잎들이 눅눅한 흙 속에서
거름이 되어가는 냄새,
그 틈을 날카롭게 파고드는 소나무 진액 향,
밤나방을 기다리느라 밤에 활짝 핀 꽃향기.

그리고 무엇보다,
내가 탄 말 갈기에서,
아니, 말 등에서,
아니, 그냥 말의 온몸에서
봄날의 아지랑이처럼 미지근하게 올라와
결국 내 온몸을 빈틈없이 채워버린 짐승의 냄새.

말은,
움직임으로 말했다.

순종하는 힘으로 받아들이고

거부하는 힘으로 밀어내면서
'조심해! 날 잘 다루라고',
'지금은 착하지만 언제든 착하지 않을 수 있다고'
경고하듯 움직였다.

오빠가 그 모든 경고를 다 알아들으니
나는 아무 걱정 없었다.
말이 역동적으로 전달해주는 에너지를
내 허벅지 근육으로 꽉 잡아 품을 뿐이었다.

중세의 기사가 된 기분이었다.
말을 타고 밤의 편백나무 숲을 건너는.
횃불 대신, 알전구들이 숲을 밝혔다.
이 숲 어딘가에서 신비로운 여인이
마법의 술을 제조하고 있을 것 같다.
그것을 진탕 퍼마시고
오늘 밤 더 깊은 신비 속으로 들어가야지.

～
오빠는 몇 달 내내 해가 뜰 때부터 질 때까지
숲에서 살았다고 했다.
말이 걷기 편하도록
돌을 파내고 바닥을 골랐다고 했다.

그러느라 양쪽 무릎이 다 나갔다고 했다.
오빠는 수학 강사 시절 판서를 많이 해서
이미 양어깨를 수술받고 재활 상태였다.

그럼에도
오빠는 이렇게 알려주고 싶었구나.
종종 말했던
말을 타고 자연을 누비는 기쁨을.
대한민국에서 그 맛이 뭔지 모르는
나처럼 불쌍한 도시인에게.

내게 말을 태워주었던 어린 날 그대로
오빠는 말을 타는 내가 기쁜지를 살폈다.

"오빠, 이거 완전 끝내주는데!"

"오빠, 이거 유럽 가서 하는
 웬만한 숲 체험보다 나은데!"

오빠는 유럽에 가본 적이 없다.
그래도 그냥 내 말이니까 믿는다.
"두 어깨도 바쳤는데 두 무릎쯤이야."
 하고 웃는다.

추석에 오빠네 식구가 올라왔다.

'마당'에서 '마장'으로 이동한 새언니는
이제 진정한 기미의 여왕이 되었다.
동시에 진정한 날씬이가 되었다.
진정한 행복이가 되었다.
승마로 다져진 딴딴한 몸에는
활기가 넘쳐흘렀다.

그러니 더 무엇을 바라리?

오빠는 생애 처음
무려 '성적' 장학금을 탔다는 얘기를 했다.
할렐루야!

그러니 더 무엇을 바라리?

'알아서 살 테니 건들지 마' 조카는
정말로 '알아서' 서울에 있는 대학의
문화콘텐츠학과에 합격했다.

또 다른 막내 조카는 세월의 지당한 흐름대로
눈알 빠지게 폰을 들여다보는 사춘기에 접어드셨다.

네 식구 모두 오롯했다.

누가 누구에게 기대거나 치대지 않는다.
누가 누구 때문에 이래서 못 살겠다,
저래서 못 살겠다, 불평하지 않는다.
숲속 한 그루 나무처럼
저마다 제 자리에서
제 몫의 꿈을 향해 힘차게 위로 뻗고 있었다.

그러니 더 무엇을 바라리?

중년의 꿈은
지각 변동처럼 움직인다.
천천히 전조가 진행되다
어느 날

쩍.

마지막 퍼즐 조각들은
쩍 갈라진 뒤에야
태양 아래로 자신의 전모를 활활 드러내는
황금 덩어리들이다.

그러므로 중년은

너무 많이 조바심내지 않아도 좋다.

결연한 투쟁도 비장한 계획도 없이

천천히 조용조용

하루하루 살아내며

슬금슬금 제 갈 길을 갈 뿐인 역류.

어차피 곧 반백 살인데 숫자가 뭐 중요한가.

어차피 금덩어리인데 언제 찾으면 어떤가.

인식하는 사람의
운명

새로운 곳을 더 찾지 않아도
알았던 것을 잘 다듬는 것만으로
새로운 곳이 되는 나이가 되었다.

대중소설이란 독자들에게
행동, 장소, 관계와 말이라는
경험의 온갖 측면을 인식하게 하는 것이다.

– 스티븐 킹의 《파리 리뷰》 인터뷰 중에서

나는 어릴 때 닥치는 대로 읽는 아이였다.
동화책은 말할 것도 없고
신문, 전단지, 《동아대백과사전》,
안방에 뒹구는 《주부생활》의 별책부록
'킨제이 보고서'까지….
활자로 된 것이 더 없어서 못 읽을 때까지 읽었다.

나는 좀 쉴 새 없이 나를 굴렸던 것 같다.
읽지 않을 땐 썼고
쓰지 않을 땐 그렸고
그리지 않을 땐 상상했다.
엄마가 미역국에 밥을 말아주면
미역 섬에 놀러 온
밥알 사람들의 이야기를 상상하느라
아주 아주 느리게 밥을 먹었다.

상상이 멈추면
뛰어나가 몸을 굴렸다.

어느 정도로 굴렀냐면
동네의 끝에서 끝까지
낮부터 깜깜해질 때까지 굴렀다.
골목에서 가장 덩치가 컸던 옆집 오빠와
맞붙어 축구를 할 정도로 굴렀다.

지금도 기억난다.
공을 뺏기지 않으려 그 오빠와 밀치던 순간,
낯선 체취와 거친 숨결이 느껴지던 순간,
"어, 요것 봐라!"
당황하던, 변성기 사내아이의 목소리.

언제나 자신의 한계가 궁금했던 것 같다.

일곱 살 무렵에는
몇 번째 계단에서 뛰어내릴 수 있는지 궁금했다.

열네 살 무렵에는
두 손이 각기 다른 베토벤 소나타를
연주할 수 있는지 궁금했다.

스물한 살에는
어디까지 생각한 대로 살 수 있는지 궁금했다.
생각만큼 행동하지 못하는 자신이 갑갑했다.

스티븐 킹의 말처럼

소설은 경험의 온갖 측면을 인식하게 하지만

당연히, 소설만이 아닌 영화, 음악, 스포츠, 여행 등

'모든 직간접적 체험'들이

인식의 다면을 정교하게 만들어준다.

그래서 나는 곡진한 체험의 백그라운드를 갖지 않은,

책상에서 활자로만 모든 걸 발견한

작가의 글은 읽지 않는 편이다.

조금 엉성하더라도

체험의 육성이 뜨겁게 담겨 있는 글을 좋아한다.

순전히 개인적인 통계일 뿐이지만,

간접 체험은 약 1프로 정도만의 각성을 가져온다.

100권의 책을 읽거나 100편의 영화를 봐야

그중 하나 분량의 각성을 얻는다는 뜻이다.

직접 체험은 그보다 강력해서

약 10프로 정도의 각성을 가져온다.

열 번 경험하면 한 가지쯤 깨닫는다는 뜻이다.

그 어렵게 얻은 각성이 다시 열 번쯤 쌓였을 때

간신히 삶에 한 가지 지혜로운 변화를 일으킬 수 있다.

'변화를 일으키는' 지혜라는 건
지독하게 인색한 확률로만 가능하다는 뜻이다.

그러하니 삶에 연속적인 변화를 일으켜
현자로 살아간다는 것,

그것은 인류사에 혁명이 일어나는 것
못지않게 어려운 일이다.
하긴, 인류사에 등장한 현자의 수는
혁명의 횟수만큼 적었지.

현자가 되는 길이 그토록 어려움에도 불구하고
타고나길 쓰고 읽고 상상하길 좋아한다거나,
다양한 후천적 결핍 또는 자극으로
예민함의 촉수가 켜져버리면,

어쩔 수 없이
'경험의 온갖 측면을 인식하는' 세계에
발을 들이게 된다.
인식하는 사람의 운명을 시작하는 것이다.
그 운명은 궁극적으로
하나의 인생 목표를 가질 수밖에 없다.

인식이 명료해지는 상태,
지혜.

즉,
경험→인식→각성→지혜.

'인식'하는 훈련이 '각성'을 가져다줄 것이고
각성이 버려지면 '지혜'를 얻으리라 믿는다.
확률에 대해서는 잘 모른다.
개의치도 않는다.

인식하는 사람의 운명을 지닌 이는
그저 자신이 정리되지 않은
책상 서랍 속에 파묻혀 있는 소인 같아서
어서 그 난잡한 인식의 세계를 빠져나가
모든 것을 시원하게 지혜로 꿰고
책상 밖에 우뚝 설 수 있는
거인이 되고 싶다.

그의 길은 구불구불하다.
앞이 보이지 않는다.
어떤 날은 성장하는 것 같고
어떤 날은 퇴행하는 것 같다.
그 제자리걸음이 고통스러워

과연 지혜란 게 살아가는 데 꼭 필요한 것인가
자문하는 순간이 자주 있다.

그럴수록,
그 고통스러운 자문에 자답할 수 있으려면
다시금 지혜가 필요함을 깨닫는다.

지혜에 절망한다.
지혜를 희망한다.

이 과정은, 업 앤 다운의 연속이지만,
말 그대로 하나의 연속적인 과정일 뿐이어서
마침내 식물이 싹을 틔워내거나
꽃을 피워내는 것처럼
단계별로 또렷한 계절의 변화가 보이지 않는다.
그의 눈에도 타인의 눈에도
그저 흐릿한 진행형일 뿐이다.

사람들에게 그는 방황하는 것 같다.
낭비하는 것 같다.
사람들은 보이지 않는 것을 믿지 않기 때문이다.
'보이지 않지만 믿는다'고 말할 때,
사람들이 정작 믿는 것은
그것을 믿는 사람들의 숫자이기 때문이다.

모두가 질문한다.

"너는 왜 그 모양이니?"

"이제 정신을 차릴 때도 되지 않았니?"

"고생하는 네 부모님을 좀 생각하렴."

뭐라 항변이라도 싶지만,
그의 눈에도 보이지 않기 때문에,
그는 저항할 또렷한 말을 찾지 못한다.
자포자기의 심정으로 찾아간 점집에서조차 말한다.

"당신의 사주는 참 희한하군요.
제자리에서 계속 뱅뱅 돌아요."

불행히도, 이 과정에 놓인 '방해물'들은
언제나 눈에 보인다.
그것도 새빨간 고딕체의 '출입금지' 푯말처럼
매우 또렷이 보인다.

정해진 방식의 밥벌이,
정해진 사고방식을 주창하는 가족들,
질문하지 않고 복종하는 동료들,

갱신을 모르는 기성의 충고들….
이런 것들이 기차의 선로만큼이나 확고하게
동서남북으로 깔려 있는 세상에서
경험의 다면을 '인식하는' 사람의 예민한 촉수는
매번 다양한 '출입금지' 푯말들을 만나 제지당하고,
극도로 재수 없으면 몽둥이찜질을 당한다.

외로움은 필수가 된다.
가족과 친구는 멀어지고
대중은 도저히 화합할 수 없는 무엇이 된다.
'개그콘서트'의 유머에 웃을 수가 없다.
먹방과 트로트, 아이돌은 또 왜 그리 많은가?
TV에서 일반인들로 눈을 돌려도
그 과도하게 블링블링 덧칠된 SNS의 세계란.

외로움을 떨치려 주변을 둘러보면 둘러볼수록
외로움은 더욱 증폭된다.
외로움은 자학성 질문을 유발한다.

'내가 문제인 걸까?'

'나만 빼고 모두 잘 살아가잖아?'

'난 왜 이리 둥글지 못하고 모난 거지?'

종일 딱히 어떤 의미 있는 일도
해낸 것 같지 않은 저녁,
그렇다고 먹고 마시고 TV를 보며
낄낄깔깔 만족하는 사람들 속으로
걸어 들어가지도 못하는 그는
자신이 싫다.

당연하다.
이것은 누군가 이미 완성시켜놓은 엔진에 얹혀
누군가 이미 만들어 놓은 길을
타고 달리는 일이 아니다.
그는 선로 밖에 새로운 길을 만들고 있다.

말했듯이, 그가 선택한 길은
지독한 고통을 안겨주는 구불구불한 길이다.
기찻길처럼 동서남북으로
대량 화물을 수송하지는 못하더라도,
숲의 생명력을 찾아 방황하는
누군가가 언젠가 발견한다면
한 걸음 한 걸음 설레며 내디딜 오솔길이다.

이미 고독하기 때문에,
이미 그가 속한 세계에서
행복할 수 없기 때문에,

이제 그의 유일한 남은 할 일은
어떻게든 숲을 통과하는 일이다.

통과하기 전에는
지금 지나는 것이 무엇인지 알 수 없다.
밟아서 통과해야 발자국이 남고
발자국이 쌓여야 제대로 길이 된다.

길이 생겨야 지도가 생길 것이다.
지도가 생겨야 지형이 밝혀질 것이다.
지형이 밝혀져야
그 지형의 가치가 인식될 것이다.
그제야 그것을 원하는 이가 생길 것이다.
밟는 이들이 늘어날 것이고
밟을수록 길은 넓어질 것이다.

그는 동지를 얻을 것이다.
그렇다.
그에겐 가족과 친구만큼이나 동지가 필요했던 것.
하나, 둘, 셋, 그리고 넷, 다섯, 여섯….
동지는 무리를 이룰 것이다.
외로움은 사라질 것이다.
숫자를 믿는 대중들은
개인에게는 잔혹해도 무리에게는 비굴하다.

"왜 그 모양이니?"

더는 그에게 무례하게 묻지 않는다.
그의 방식을 인정한다.
'출입금지' 푯말이 줄어든다.
이제 그가 전하는 경험담은 지혜가 되고
새로 출입이 허가된 곳에 대한
최초의 안내서가 된다.

⌂

나는 몹시 아둔했다.
선로에서 뛰어내릴 줄만 알았지,
요령이라곤 없었다.
앞서 누군가 낸 오솔길을 찾을 줄 몰랐다.

그래서 맨땅에 헤딩하는 또라이처럼
일단 내 식으로 풀을 헤치고 다녔다.
밤새 풀숲을 헤맸는데 알고 보면
어제 헤맸던 그 자리인 날도 많았다.

혼자서 걷고 글로 기록하는 앎의 세계는
그저 무한한 Ctrl+C, Ctrl+V의 병렬인 것만 같았다.
이미 남들이 발견한 것을 뒤늦게 주워다가

동어반복적으로 나열하고 다시 나열하는,
누구도 새로이 필요로 하지 않는 잡일을
아침부터 저녁까지 하고 있는 것만 같았다.

그럼에도 불구하고,
'해보는 것' 외에 다른 길은 없어 보였다.
만들고 쓰고 그리고 상상하고 생각을 정리하고….
나는 어릴 때처럼 나를 굴리며 했다.

자산이라고는 오직
선로에서 뛰어내린 경험뿐이었다.
하지만 그것은 실로 귀한 '배수의 진'이어서
더 물러설 곳이 없었다.
제아무리 깊숙이 길을 잃어도,
빠져나갈 길조차 모르니,
게다가 선로에서 뛰어내린 것은
'나'의 선택이었으니
어떻게든 내 식으로 숲을 통과하는 수밖에.

일주일씩 밤새워 글을 짓거나 그림을 그리며
그 누구의 수요도 없는 잡일을 해내고서도
'나는 왜 했지?'
심각하게 질문하지 않았다.
언제나 같은 대답밖에 찾을 수 없었으니.

'나 좋아서 했지.'

하지만 슬금슬금 비어져 나오는
다음 질문을 피할 수는 없었다.

'자, 그럼 이제 뭘 하지?'

하염없이 텅 빈 백수의 시간이
숲 곳곳에 어지러이 흩어진 채
다시 나를 기다렸다.
느린 시계 초침이 이명처럼
귓가에 가득 울려 퍼졌다.

어디로 향해야 할지
매번 알 수 없었다.

모를 땐 그냥 소파에 누워 지냈다.
나 하나쯤 소파에서 꿈쩍 않는다 해도
세상에는 어떤 균열도 생기지 않았다.
'이러다 등짝에 욕창 생기겠구나….'
싶을 즈음이면
무기력도 수명을 다해 몸을 일으켰다.

당시 내 거처였던 계룡산의 사계는

엄청나게 강력한 야생의 힘을 지녀서
나처럼 연약한 인간 하나쯤
집 밖으로 끌어내는 건 일도 아니었다.

움이 트는 봄날,
대기에 가득한
생명의 간질임 같은 것으로.

노을 지는 저녁,
마을을 쩌렁쩌렁 울리는
빛의 레퀴엠 같은 것으로.

나를 꾀어낸 뒤에는
그 거대한 손으로 내 등짝을 슬슬 문질러
다시 동네를 탐험하는 어린아이로 빚어냈다.

나는 동네를 걸어 다니며 조금씩 징징 울고
잘 들을 수 있게 소리 내어 나를 달래주곤 했다.
그러고 나면 지쳤던 눈과 귀가 다시 열렸고
세상의 아름다운 것들이
그리로 흘러들어왔다.

꽃을 들여다보고
막대기로 땅을 파고

저수지에 돌을 던져
파문을 한참 바라보았다.
다시 해가 떴다.
다시 달이 떴다.
자연 속을 두 발로 걷는 것 자체가,
인간이라는 유한한 존재 자체가,
고통이고 희열일 수밖에 없음을 되새겼다.

근본은 언제나 거대한 것이다.
자연을 거닐고 돌아온 인간은
'다음엔 뭘 하지?' 같은 소챕터에 매달리지 않는다.
질문 자체가 어리석음을 깨닫는다.

물처럼, 계절처럼,
'다음'을 걱정하지 않고 옮겨간다.

나는 그 어떤 것도 기대하거나 욕망하지 않는
순정한 상태가 되어
담담히 "나 좋아서 했지."라고 말할 수 있는 것을
다시 찾아서 했다.

천천히,
징징대지 않고
자신에게 주어진 텅 빈 공백을

거기 꽉 들어찬 시간과 공간을
다스리는 법을 배웠다.
비로소 어른이 된 것 같았다.
아이를 낳고 싶다고 생각한 것도
그즈음이다.

⌂

추석이 지나고 부암동에도 가을이 왔다.
노트북을 열고 일을 막 시작하려는데
전화벨이 울린다.

'엄마'

받을까 말까.
당장 봐야 하는 글쓰기 모임의 원고가 산더미 같다.
현관에는 중문 공사를 하러 온 인부들이 소란스럽다.
대체 집은 언제 완성되는가.
완성되긴 하는가.
현관에서 맹렬히 드릴이 돌아가다 멈춘다.

"작가님! 작가님!" 시공사 팀장이 나를 찾는다.
나는 조금 망설이다 "통화 중이에요!" 외친다.
통화 버튼을 누른다.

"소… 희… 야… 어제 너희들이 가고…."
엄마가 간신히 붙잡고 있었다는 듯
내가 받자마자 울음을 놓아버린다.
아, 이 통화는 길어질 것이다.
두 생각이 동시에 교차한다.

'괜히 받았다.'

'받길 잘했다.'

이윽고 엄마가 울음을 삼키며 말을 이었다.

"어제 너희들이 가고
니 아버지가 하염없이 우시는 거야.
'다시 우리만 남은 거지?' 하시면서….
유난히 길게 우셔서 나도 같이 한참 울었어.
그런데 아버지가…
생전 안 하던 말씀을 하시는 거야.
내가 안방으로 모셔다드리는데
'당신은 날 사랑하는 거지?
이렇게 내 팔을 꼭 붙들어주니까…
당신은 날 안 떠날 거지?'
안 하던 소리를 하시는 거야.

그래서 내가
'그럼, 난 당신을 최고로 사랑하지.
당신 곁에서 끝까지 있을 테니까
아무 걱정 말아요' 했더니
'그럴 거지? 그럴 거지?' 하시다 주무셨어.
그리고는 오늘 오후까지 저렇게
못 일어나시고 계속 주무시기만 한다…."

아빠가 하루 스무 시간씩 주무신 지는 좀 되었다.
그즈음부터 엄마와 아빠는
눈물을 보이는 분들이 되었다.

이 지난하고 잔인한 연장전에서
나의 역할은 같다.
나의 대사도 같다.

"잘했어, 엄마."

"힘들었겠다, 엄마."

"그래도 참 잘 버틴다, 우리 엄마."

"엄마가 우리 식구 기둥이다, 진짜."

"참 복 많이 받으신 분이야, 우리 아빠는."

"아빠도 그걸 잘 아실 거야."

  언제나처럼,
  그러는 사이 엄마의 울음소리는 점점 잦아든다.

"'삼식이'라는 말이 유행한 게 대체 언제인데!
  아빠는 엄마가 평생 한 번도 안 거르고
  삼시 세끼 해 바쳤잖아."

  그러면 또 까르르 웃는다.

"그래, 엄마는 네 아빠한테
  끝까지 최선을 다할 거야.
  아빠가 돌아가시고 나서
  한 점 후회도 없게 노력할 거야."

  힘주어 마무리하고는 전화를 끊는다.

  간신히 무거운 마음을 털고
  시공사 팀장의 부름에 응한다.
  돌아와 원고를 본다.
  원고의 행과 열 사이로 파고드는

지루한 드릴 소리, 드릴 소리, 드릴 소리.
늘 그렇듯 공사 중 새로운 문제가 발생하고
공사는 또다시 연장되고
거기 새롭게 인부들의 욕설 섞인 대화가 얹힌다.

⌂
소란이 끝난 저녁,
두통에 좀 드러눕고 싶지만 전화를 건다.
엄마의 목소리가 밝다.
아빠가 일어나셨다는 뜻이다.
나는 평소에 하지 않던 말을 한다.

"아빠 좀 바꿔줘."

평생 나를 경직되게 했던
아빠의 날카로운 음성은
이제 얼뜨고 느리고 숨차다.

"여… 보… 세… 요."

쉰 살 막내딸, 나는 노래하기 시작한다.

"아빠~ 힘내세요~ 우리가~ 있잖아요~

아빠~ 힘내세요~ 우리가~ 있어요~"

우리는 있어 봤자 별 힘이 못 된다.
엄마만 힘이 된다.
하지만 중빈이가 유치원 시절
저 노래를 부를 때마다
남편은 헤벌쭉 웃으며 마냥 힘이 솟는 듯했으니
막내딸은 거두절미하고 노래를 부른다.

"허허… 허허…."

아빠도 조금 힘이 솟는지,
웃는다.

어린 시절, 나는 꿈꿨던 것 같다.
내가 노래를 부르면
아빠가 다정히 귀 기울여주기를.
사랑하고 사랑받고 싶었다.
하지만 그런 정서적 교류는 서양 영화 속
선진국 아빠만 할 수 있다는 걸 커가며 알았다.
나중엔, 그저,
아빠로부터 상처나 받지 않았으면 했다.

그래도 의식주만큼은 착실히 빚졌다.

빚과 상처를 퉁쳤다.

퉁친 이는 노래하고 춤출 수 있다.

기대나 미련 같은,

더 청산할 무거움이 없기 때문이다.

그럼에도, 허허… 허허… 아빠가 웃는 동안

청산할 게 남은 사람처럼 눈물이 났다.

소멸해가는 존재 앞에서

눈물을 흘리지 않기란 불가능하다.

시계를 보니 어느덧 저녁 강의 시간.

눈물을 닦고 강의장으로 달려간다.

"안녕하세요!"

힘차게 인사를 건넨다.

힘차야 한다.

사람들은 구겨진 얼굴이나 보러

먼 길을 마다하지 않고 오는 게 아니다.

강의장의 환한 조명이 눈부시다.

아빠도 어느 젊던 날,

눈물을 닦고 뛰었음을 안다.

일곱 살에 아버지를 여의고

공장에서 일하며 독학했던 그는

훨씬 더 일찍부터
훨씬 더 자주.

나는 결국 아빠와의 공감대를
찾아낼 수밖에 없었다.

어른의 삶에서.
어른이 된 뒤에
나 혼자서.

어른이 되고 보니,
그는 쉬운 것을 못한 것이 아니었다.
어려운 것을 못한 것이었다.

그것으로 되었다.

부모와 자식 사이임에도,
정석대로 어른과 아이로 만나진 못했지만
괜찮다.
어른과 어른으로라도 만났으니 되었다.

만났으니.
모든 것이 소멸하기 전에.

《양철북》이나 《달팽이의 일기 중에서》와 같은 책은
생애의 어떤 특별한 기간 동안에만 쓸 수 있을 겁니다.
당시에 제가 느끼고 생각했던 방식 때문에
그런 책이 나오는 것이지요. (중략)
다시 써야 한다면 분명 망쳐버릴 겁니다.

– 귄터 그라스, 《작가란 무엇인가 2》

우리는 우리가 어떤 사람인지 알지 못한다.
그것을 알아내는 데에만 생의 절반을 넘긴다.

우리는 우리가 어떤 생을 살지 알지 못한다.
알지 못하기에 대비하고,
알지 못하기에 대비하지 않는다.

'지혜'를 '욕망'한다는 것은 과연 가능한 일일까?
지혜는 욕망이 멈출 때 비로소 주어진다.

나는 여행에서 먼지투성이가 되어
돌아오곤 했지만
그때만큼은 나의 마음이 정화수처럼 깨끗했다.
정화수는 돌아오자마자
어이없이 오염되기도 했고

필사적인 '노오력' 끝에
조금 오래 보존되기도 했다.

어쨌든 정화수였기에, 오염이 숙명이어도,
나는 또 간구하며 떠날 수밖에 없었다.
돌아와 그것을 보존하려는 노력 자체가
이곳을 잘 살아가려는
하나의 선명한 기준이 되어주었다.

천천히,
자신에게 주어진 삶을,
거기 꽉 들어찬 인물들이 벌이는 소요를
다스리는 법을 배웠다.

갈등의 구조를 읽고
그 구조 안에서 활약하는
인물들의 속성을 읽어내며.

뭉텅뭉텅,
하나의 거래처럼,
대신 흰머리를 갖게 되었다.

새로운 곳을 더 찾지 않아도
알았던 것을 잘 다듬는 것만으로

새로운 곳이 되는 나이가 되었다.

〜

2019년 여름,
우붓의 페르마타 하티 보육원에서
아이들 영어 숙제를 도와주고 있었다.
그때 원장 아유가 내게 다가와 어려움을 호소했다.
보육원에는 여러 교육 프로그램이 있었는데
최근 아이들의 참석률이 저조해졌다는 것이었다.

나는 더 구조적인 원인 파악이
필요하지 않을까 싶으면서도,
아유에게 그렇게 말하지는 않았다.
하티에는 그런 일을 해줄 인력이 전무했으며
아유 혼자 매일 100명에 가까운
아이들을 관리하고 있었으니.

아유는 답답한 나머지,
내게 상황을 효과적으로 보여주고 싶어 했다.

"아이들에게 영어로 자기소개를 시켜보면
뭐가 문제인지 금방 알아.
매일 오는 아이랑 가끔 오는 아이랑

실력 차이가 엄청나거든.
잘하는 애부터,
매일 오는 미라부터 시켜보자."

하티의 대표 모범생 '미라'는
유창한 영어로 자기소개를 했다.
그동안 다른 아이들은
긴장이 어리다 못해 얼굴이 일그러졌다.
내 학창 시절과 비슷한 상황이었다.
성적순으로 세워 잘하는 아이는 칭찬을 받고
그렇지 않은 아이들은 모욕받는.

분명한 건,
이런 방식이 아이들에게
동기 부여가 되지는 않는다는 것이다.
특히나 보육원에
아이들이 오지 않는 것이 문제라면
더더욱 아이들이 오기 싫어지게 만드는
확실한 방법이 될 것이다.

나는 먼저 그 자리에 있는 아이들에게
나이를 물어보았다.
가장 어린 미라가 열셋이었고
가장 나이가 많은 와얀이 열아홉 살이었다.

"나는 마흔여덟 살이야.

너희들은 한 번이라도 마흔여덟 살이 된

자신의 모습을 생각해본 적 있니?

아마 안 해봤을 거야.

나도 너희 나이 땐 그랬거든.

마흔여덟 살은 너무 멀게 느껴져서

마치 남 이야기 같았지.

그래서 너희들은 '마흔여덟 살' 하면

단순히 엄마나 아빠를 떠올릴지도 모르겠다.

그 모습은 네가 되고 싶은 모습이니?

누구라도 20년 뒤에

자신이 무엇을 할지 모르는 게 당연해.

하지만 분명히 알 수 있는 건,

우리 모두가 자기 삶을 경작하는

농부와 같다는 거야.

만약 네가 지금 씨앗을 심고

부지런히 물을 주고 벌레를 잡으면

그중 일부는 확실히 수확하게 될 거야.

네 나이 마흔여덟 살에.

그때의 네가,

지금 네가 접하는 어른들의 모습보다

조금은 나은 모습이기를 바란다면,
너는 더 많은 씨앗을 심고 더 성실히 돌봐야 해.

우리가 조금 전 함께 돌본 영어 숙제는
정확히 영어라는 씨앗에
한 번 물을 주는 행위였어.
만약 네가 매일 이렇게 영어에 물을 준다면
네 영어는 아마 다른 아이들 것보다
더 크게 자랄 거고,
너는 더 큰 수확물을 얻게 될 거야.

이해는 해.
마흔여덟 살에 무엇이 되어 있을지
모르기 때문에
너는 지금 영어 공부를 할 목적을 알지 못해.
하지만 반대로 생각해볼래?
그때 무엇이 되어 있을지 모르기 때문에
지금 네 나이에는 더 여러 가지 씨앗을 심어보고
더 열심히 물을 주어보는 게 중요하다고.

나를 봐.
마흔여덟 살에 여기서
너희들 영어 공부를 도와주고 있을지
미리 알았다면,

네 나이 때의 난 영어 시간에
분명히 더 기쁜 마음으로 공부했을 걸?
젊다는 건 무한한 가능성이야.
너희는 꿈꾸는 무엇이라도 될 수 있어.
너희가 지금 심는 씨앗은 반드시
너희가 살아갈 미래에 자산이 되어줄 거야.

자, 그럼,
아유를 그만 애태우기로 하고
앞으로는 하티의 프로그램에
열심히 참여하겠다고 약속해줄 수 있겠니?"

아이들은 미소 지었다.
나는 그쯤에서 아이들을 보내주었으면 했다.
하지만 아유는 아이들이 못 미더워
더 붙잡고 훈계하려 했다.

나는 아유의 손을 잡고 속삭였다.

"한번 지켜봤다가, 다시 해.
오늘은 여기까지만 하고."

어른들은 종종 자신들의 느린 속도를 까먹는다.
아이들은 천천히 배워갈 것이다.

경험의 온갖 측면을.

자신만의 뜨거운 육성을.

인간의 유한함을.

소멸과 생성의 신비를.

한 방울의 지혜를.

참고 문헌

* 귄터 그라스 외, 《작가란 무엇인가 2》, 다른, 2015, 267~268p.